I LUOGHI & I GIORNI

Qualsiasi riferimento a fatti, persone o cose è puramente casuale e frutto dell'immaginazione dell'autrice. Si declina ogni responsabilità per somiglianze o riscontri con fatti, persone o cose reali.

SBC edizioni è un marchio:

Perugia - Ravenna
www.sbcedizioni.com
Direzione editoriale: Via Pier Traversari 16 - 48121 Ravenna
I Edizione febbraio 2014
ISBN 978-88-6347-384-1
Stampato in Italia per conto di SBC edizioni

Maria Antonietta Adragna

I sussurri del mare

SBC Edizioni

Il grande amore per la mia terra,
per il sole, il mare e la mia gente
mi ha indotta a scrivere questo romanzo,
che desidero dedicare alle uniche persone che amo:

Claudio ed Alessandro

ricordandogli di non dimenticare mai le loro radici!

Con Amore
La vostra mamma

Maria Antonietta Adragna, donna vulcanica, dalle mille passioni alla continua ricerca di forti emozioni, amante della natura di cui i quadri da lei dipinti sono testimoni, dotata di una intelligenza intensa, non si è lasciata contaminare dallo sfavillio di luci e paillettes del mondo dove lei è nata e cresciuta, ma libera da ogni gravame di convenzioni sociali.

Tra le pieghe della sua anima, è una donna semplice, contrariamente da come la si possa giudicare non conoscendola bene.

Ha sempre apprezzato le piccole e semplici cose, soprattutto la modesta quotidianità dei pescatori con i quali ad oggi intrattiene forti legami di amicizia e quando parla di loro i suoi occhi brillano di gioia.

Nel romanzo si evince la quieta gioia del vivere in un piccolo borgo dove regna solamente l'indispensabile ma dove i rapporti sono fondati sull'onestà e la solidarietà, valori che si tramandano da padre in figlio.

Profonda e insanabile ferita nell'anima di Maria Antonietta è stata la morte della sua adorata nonna, una ferita che non potrà mai rimarginarsi.

La lettura di questo romanzo, rapisce soprattutto per la semplicità di narrazione e così come è successo a me il lettore non potrà non esserne coinvolto.

Tra le pieghe del libro si sente il materializzarsi del profumo delle zagare e del gelsomino, il calore del sole di Sicilia che avvolge e culla come un grembo materno.

Con tutto il mio bene e il mio amore.

Aldo Priolo

Aprire e leggere le pagine di questo libro sarà come aprire il sipario di un teatro e dare inizio ad una delle tante commedie della vita.

Gli uomini sono tanti attori e in questo mondo recitano una parte calandosi nel ruolo di un personaggio. Così ho fatto io in questo racconto, immedesimandomi in una donna sola che ha trovato la sua strada solo dopo aver provato il dolore e la sofferenza per la morte della sua adorata nonna, unico e solo punto di riferimento per la sua giovane vita.

Di lei il destino si è beffato e si è preso gioco per un'intera esistenza. Nella saggezza dei miei lunghi anni di vita e con i capelli bianchi mi è lecito affermare che, toccando il buio più profondo, occorre avere sempre la forza di rialzarsi, in quanto ci sarà sempre un riscatto. Lei, Amaranta, nel grande cerchio della vita ha trovato la sua possibilità di riscattarsi e di superare tutte le ardue prove della vita.

Dopo aver vagato in se stessa e nel mondo, ha cercato rifugio dalle passioni e dalle sofferenze vicino al mare in un antico borgo di pescatori, umile gente ma di grande cuore.

Il nostro passaggio su questa terra è costellato da incognite, imprevisti, sofferenze e solamente rari attimi di serenità che noi impropriamente chiamiamo felicità.

Alle volte mi sono ritrovata a cercare di afferrare i pochi attimi sereni della mia esistenza, li ho cercati nelle amicizie e negli amori. Tante situazioni nelle quali io ho creduto si sono rivelate pure illusioni e sono scivolate tra le mie dita come scivolano i granelli di un pugno di sabbia.

Le uniche verità che non mi hanno mai tradita e mi hanno riempita di vero grande bene hanno un nome: Claudio e Alessandro. Il loro amore mi ha resa unica, felice e appagata. Nella mia vita è esistita e continua ad esistere nei miei ricordi e nel mio cuore, una donna speciale: la mia adorata nonna.

CAPITOLO I

Tornando dal funerale, l'autista cercò di scrutare con fuggevoli occhiate dallo specchietto retrovisore il mio dolore. Lui mi conosceva da quando ero nata ed era stato da sempre per me come uno zio buono.

Io, coperta da uno spesso copricapo in pizzo chantilly, cercavo di sfuggire agli sguardi in cui c'era anche un pizzico di curiosità. Volevo sfuggire al morboso interesse della gente che avrebbe cercato di capire o immaginare quale sarebbe stato il mio domani, cosa avrei fatto o dove sarei andata e se la parte di palazzo dove per ventitré anni avevo abitato si sarebbe chiusa dietro di me, come i tendoni di un palcoscenico alla fine di uno spettacolo. Avevo negli occhi, impresse come una scritta d'inchiostro indelebile, le immagini della sepoltura di colei che nella mia vita era stata indice di certezza, unico punto fermo. Lei, la mia adorata nonna, che mi aveva allevata, cresciuta, educata. Lei che aveva riso e alle volte pianto per me e con me. L'auto mi stava riportando a casa. Percorse le strade strette del centro storico di Trapani. Attraversò corsi bordeggianti di palazzi sontuosi di ineguagliabile bellezza, un paradiso di pietre a pochi passi dal mare. Corso Vittorio Emanuele, la strada che mi aveva vista nascere, crescere, diventare donna e, chissà, un giorno mi vedrà morire. Da sempre questa strada era stata destinata ai palazzi del potere civile e religioso. Ovunque si ammiravano fantastiche balconate in ferro battuto da cui si ergevano putti festanti racchiusi dentro piccole nicchie, ghirlande marmoree cariche di frutti e di fiori, mascheroni che con le loro espressioni tristi e spaventate difendevano l'intimità delle case. Distrattamente guardavo tutto ciò che mi circondava. Pensai con ammirazione a questa città antica dal cuore barocco, mentre l'auto perdeva colpi girando vorticosamente per le vie del centro storico, che fiancheggiavano le mura della città. Le mura di tramontana. Stavamo attraversando un antico quartiere dove una dietro l'altra attaccate a piccole casupole si aprivano le umide botteghe dei marinai. Davanti alle loro porte ciondolavano tende tintinnanti fatte di conchiglie e al posto delle piante ciuffi d'erba, nati spontaneamente. Davanti agli usci delle case dei pescatori, c'erano nasse, lenze di ogni misura che sembravano abbandonate. Ecco, la bottega del "verdumaio". Una fantasia di colori, dal verde dell'insalata all'arancione delle carote, al giallo dei peperoni creavano una forte attrattiva mentre lui urlava a squarciagola la sua mercanzia. Il bottaio, chiuso nella sua angusta bottega, batteva colpi di martello per forgiare e piegare il profumato legno, dove da una trave pende un filo elettrico bianco, illuminato da una luce fioca. Poco distante nella "carnezzeria" si scorgevano, appesi ai ganci di ferro, i quarti degli animali ancora sanguinanti. Sotto ciascuno di essi grandi catini di zinco raccoglievano il sangue. Lo stesso che colava dall'animale squartato, formando lunghi rigagnoli e un'infinità di mosche ronzavano intorno per cibarsi del sangue ancora caldo. Il calzolaio con il suo banchetto, seduto su una povera seggiola in saggina, risuolava le scarpe davanti all'uscio, creando e diffondendo tutt'intorno un acre odore di colla fusa. I vari banchi di legno strabordanti di mercanzia rendevano difficoltoso il nostro passare. La gente si fece largo, cercò di spostarsi appoggiando le spalle ai vecchi muri anneriti dall'umidità e dalle usurate grondaie che in inverno, raccogliendo l'acqua piovana, la lasciavano cadere giù come il getto di una doccia. Simile a tante formiche in fila indiana la gente mi salutava con frasi di ossequio dicendo: "Assabinirica signurina". Il saluto era accompagnato dal sollevamento della coppola, un gesto di profondo rispetto che si tramandava da generazioni. Tra la folla riconobbi Graziella, la moglie di "zu Jaco", il nostro "spisaiolo". Questa donna corpulenta dall'incarnato olivastro, dalle braccia possenti era la lavandaia di casa. Graziella sempre allegra e sorridente, con il pesante grembiule in gomma, con la schiena piegata, cantava vicino alle vasche di zinco. Le sue mani gonfie e rosse come salsicce si tingevano quasi di viola per l'acqua gelida che scorreva ininterrottamente da un cannello. Con quei polsi ingrossati dallo sforzo della fatica strizzava, torceva e ritorceva, instancabile, le ingombranti e pesanti lenzuola, facendole risuonare sull'asse di legno con un tonfo sordo e secco. I suoi bellissimi occhi brillavano di quell'allegria mista a furbizia propria delle donne del popolo e di chi nella vita si era sempre dovuto arrangiare. Viveva tra la lavanderia e la cucina e non mancava mai di allungare un'occhiata alle pentole che borbottavano sul fuoco. Nelle giornate in cui si decideva di mangiare il pesce, in particolare le triglie, ne rubava sempre qualcuna e per non essere vista le nascondeva tra gli abbondanti seni. Era più forte di lei resistere a quella tentazione!

Graziella, incrociando il mio sguardo, accennò un rispettoso saluto con la mano, un segno timido quasi a volermi dimostrare con discrezione una confidenza amichevole che, tra noi, non c'era mai stata. Ricambiai con un sorriso di convenienza, l'unico permesso dal dolore, e sentii come per magia il profumo del gelsomino e della lavanda di cui odoravano sempre le lenzuola che avevano cullato i miei sogni e quelli della nonna. Quello anche per Graziella era un giorno di lutto e di smarrimento per la perdita di quella donna che l'aveva rispettata, sfamata.

Spesso mi capitava di guardare la vita che conducevano i pescatori, scrutando di nascosto da una delle finestre della casa le loro gesta rimanevo ammirata per la loro correttezza e dignità. Con grande sforzo avevano cercato di convivere con i ricchi, mentre i palazzi borghesi trasudavano di opulenza e di marmi pregiati, le case dei pescatori mostravano muri pericolanti costruiti con tufi lasciati a vista, porte chiodate e rappezzate da sbarre di legno. Diversi erano gli stili di vita, il ceto basso lottava tutti i giorni per la sopravvivenza mentre i ricchi borghesi lottavano anch'essi per il prestigio, per il potere. Ambedue combattevano per la vita, non era facile né per gli uni né per gli altri.

Una volta usciti dai vicoli stretti, intricati e contorti, il vento di grecale scuoteva le palme ad altezza uomo e ci schiaffeggiava rumorosamente come lunghe foglie dal metallico fruscio. E poi il mare. Lui, solo lui, riusciva a liberarsi con una forza atavica di tutto quello che aveva dentro, anche delle antiche pietre.

Sul finire della strada intravidi, tra i palazzi, anche i miei balconi in ferro battuto lavorato e modellato a formare tanti fasci di fiori da cui sporgevano boule in vetro opaco a forma di rose. Quasi tutte le sere, come una preghiera, quando il sole si tuffava nel mare, le illuminavo perché amavo che il mio palazzo risplendesse al luccicare delle stelle.

L'auto si fermò davanti al prezioso portone dove due bocche di leoni dalla folta criniera scolpita nel legno reggevano tra i denti i preziosi batacchi. All'interno dell'ingresso un androne in cui verdeggiavano due imponenti kentiae, nate per incorniciare la maestosità barocca dello scalone in marmo bianco con lunghe e sinuose venature nere.

Aprii la portiera, mentre l'autista frettolosamente mi venne incontro aiutandomi a scendere con estrema cortesia quasi a volermi star vicino, tentando di colmare inutilmente questo improvviso vuoto che si era impossessato di me. Persi la mia forza, il dolore mi stava invalidando. A fatica salii lungo lo scalone, reggendomi nel corrimano. Ogni gradino mi sembrava un passo verso la mia difficile vita.

Ad attendermi il personale della casa con i loro grembiuli bianchi e le crestine inamidate. Tutti quanti non riuscivano a nascondere la loro tristezza. Volti tesi, addolorati, abbozzavano a malapena timidi sorrisi di circostanza. Guardai, scrutai ciascuno di loro, cercai di leggere in fondo ai loro occhi e mi sembrarono ancora più estranei, proprio ora che erano l'unico legame che mi restava con la quotidianità domestica. Tutti avrebbero voluto chiedermi della sepoltura o farmi tutte quelle solite domande di circostanza che servono solo a riempire di inutili informazioni il vuoto gelido della morte. Io non riuscivo a parlare. Ero ferita nell'anima. Abbassai lo sguardo. Frettolosamente mi recai nella mia stanza, mi strappai di dosso quel vestito nero, fonte del mio dolore, e corsi sotto la doccia. L'acqua era fredda. Gelida. Ma di questi getti violenti non sentivo alcun fastidio e mentre l'acqua scivolava sul mio corpo, i capelli grondanti come tentacoli mi si attaccavano al collo. Insieme all'acqua vennero portate via tutte le mie lacrime ma quelle del cuore nessuno avrebbe mai potuto portarle con sé.

Avevo negli occhi l'immagine della nonna, di Marta, che era stata anche la mia più cara amica. Mi sembrava di vederla. La sua immagine eterea e vivissima era davanti ai miei occhi. Indossava un ricco vestito di broccato nero e una lunga sciarpa in chiffon bianco le accarezzava il collo, scendendo lungo il corpo. Quella linea chiara che ondeggiava sulle sue forme mi portava a ricordare tante storie che lei amava raccontarmi e che io con avida curiosità e ammirazione ascoltavo incantata. I racconti che preferivo erano quelli in cui apparivano corteggiatori appassionati che appagavano il suo naturale egocentrismo femminile e, al tempo stesso, il mio ingenuo romanticismo. Quanti uomini al suo passare l'avevano ammirata, desiderata, elogiata! Quanti sguardi l'avevano sognata quando lei passeggiava lungo il corso principale della città. Ogni parte del suo corpo era osservata con passione e devozione, quasi come una Madonna portata in processione, che effonde una mistica grazia ad ogni fedele. Il suo passo era altero e cadenzato al tempo stesso da un'andatura regale che le conferiva signorilità e rispetto. I folti capelli corvini e lucenti erano spesso raccolti in un aereo chignon. La delicata linea ovale del viso incorniciava i suoi profondi occhi neri che erano messi in risalto dalla diafana pelle. Era uno di quei rari esempi di donna in cui la bellezza non era fine a se stessa, ma un semplice mezzo per illuminare una brillante intelligenza. Anche la padronanza del linguaggio, colto e pieno di umorismo, era una qualità che la rendeva unica e adorabile. Spesso mi raccontava dei suoi lunghi viaggi ad Aden, dove si dirigeva ogni sei mesi per controllare lo stato delle proprietà che aveva ereditato dal marito. In uno di questi esotici viaggi aveva conosciuto un vero principe arabo. Sento ancora le sue parole: "Mia piccola Amaranta, ti voglio raccontare di quel viaggio lungo e romantico in cui ho incontrato un principe arabo". " Sì, nonna, raccontami! Lo sai che le storie di principi e principesse mi piacciono!". "Sì, lo so. Anche se questa è la storia di una principessa mancata! Dunque, ascoltami. La nave si chiamava Incanto e scivolava sulle acque del Golfo Persico. Dalla mia cabina sentivo le note dell'orchestra che intonava le più belle musiche, diffondendole in ogni angolo dell'imbarcazione. Ad un tratto bussarono alla porta, andai ad aprire e mi trovai davanti un impeccabile cameriere che mi porgeva l'abito da sera appena stirato. Lo indossai frettolosamente poiché ero in ritardo. Quella sera mi sarei seduta al tavolo del comandante come sua ospite. Era nato uno stretto rapporto di amicizia tanto da indurci a darci del tu.

Prima di uscire mi diedi sul decolté poche gocce di "Note d'amore", il profumo dai toni orientali che preferivo. Gettai un ultimo frettoloso sguardo allo specchio e mi sorpresi per la mia eleganza tanto da sentirmi quasi in imbarazzo. Vidi la mia figura fasciata in un abito bianco candido riccamente drappeggiato e che, come la coda di una sirena, si apriva sul fondo creando uno strascico. Non avevo molti gioielli con me in quella occasione, indossai una collana di diamanti che dava luce al mio viso e metteva in risalto i floridi seni ancora pieni di giovinezza.

Presi l'ascensore per raggiungere al piano superiore il salone delle feste che si fermava ad ogni piano per raccogliere gli invitati. Non potevo fare a meno di guardare negli occhi coloro che salivano scrutando come erano vestiti. Alcune signore, dai capelli freschi di permanente, erano ricche di ori come quadri di madonne, mentre gli uomini, in smoking con cravattino rigido, sembravano tanti pinguini.

Il mio unico pensiero era trascorrere una piacevole serata e godermi questa meritata, se pur breve, vacanza fino a giungere a destinazione, dove impegni importanti di lavoro mi attendevano. Giunta nel salone, diedi un veloce sguardo tutto intorno. Notai un luccicare di argenti sapientemente lucidati, ogni angolo era ornato da cornucopie strabordanti di fiori, mentre un preziosissimo lampadario risplendeva di luci, illuminando anche l'animo buio di alcuni presenti. Numerosi sguardi si poggiarono su di me, di ammirazione e di critica al tempo stesso. Ero infatti l'ultima ad entrare e mi sentii leggermente in imbarazzo. Ma il comandante in alta uniforme e con tutte le mostrine puntate al petto era lì, pronto a porgermi il suo braccio e insieme facemmo l'ingresso. Percorremmo il lungo salone mentre il chiacchiericcio sommesso della gente si confondeva con la musica e con il rumore dei piatti. Giunti al tavolo con estrema galanteria scostò la sedia permettendomi di accomodarmi. Fui immediatamente rapita dal commensale che sedeva alla mia sinistra, un non giovanissimo emiro arabo che mi accolse con un galante sorriso. Lo notai per la sua delicata bellezza, il volto ovale sembrava finemente disegnato, ma la mia ammirazione fu per i suoi occhi neri, profondi e dalla forma leggermente allungata che risplendevano nella loro bellezza di un nero scintillante. La bocca acquisiva particolare grazia data dal bianco splendore dei denti. Esile di corporatura, avvolto nel candido kandoura, dove la gutra veniva trattenuta dall'igal. Ebbe inizio la cena, sofisticate pietanze vennero servite, il tutto condito da una piacevole conversazione sia con il comandante ma soprattutto con l'emiro, il cui nome era Mohammed Allah Feraze. Da quella sera nacque una forte amicizia tra noi. I pomeriggi seguenti li trascorremmo insieme, ridendo e scherzando alle volte come bambini, forse perché entrambi lontani dalla quotidianità volevamo viverci questo momento di spensieratezza nel migliore dei modi possibile. Una calda e afosa sera d'agosto mentre la musica intonava un romantico lento, dopo la solita cena di gala, eleganti come sempre, io e Feraze decidemmo di salire sul ponte dove soffiava una delicata e leggera brezza. Ci affacciammo dalla ringhiera, ci lasciammo baciare dal vento la pelle arsa dal sole mentre guardavamo intorno a noi. La luna rendeva il mare come una tavola d'argento e le stelle sembrava che facessero a gara per risplendere, come punti luminosi persi nell'infinità dell'universo. La nave andava lasciando dietro di sé un profondo solco di candida schiuma bianca. Avvolti da questa nuvola di magia, lui prese la mia mano stringendola tra le sue e inginocchiandosi dinanzi a me mi chiese in sposa. Il momento mi imbarazzò moltissimo, ma ancor di più quando uscì fuori dalla tasca una piccola scatola in radica di noce finemente intagliata che recava la scritta "dimmi di sì". Sorrisi leggendo quella frase, ma ero titubante se aprirla per vederne il contenuto oppure no. Gli dissi che preferivo non accettare qualunque cosa contenesse. Lui insistette fino allo sfinimento, costringendomi ad aprirla. Con enorme sorpresa scoprii che conteneva un anello con un purissimo rubino contornato da favolosi brillanti. Rimasi colpita da così tanta bellezza, nonostante il mio stupore, sentivo di non avere alcun desiderio di accettare la proposta. In quell'esatto istante, infatti, avevo capito che se avessi detto di sì, sarei rimasta per tutta la vita chiusa in una gabbia dorata. Questo per il mio carattere libero e indipendente era inimmaginabile. Non volevo sentirmi come Sherazad, prigioniera d'amore nel castello di Baghdad. Rifiutai sia l'anello sia la sua proposta dicendo che non me la sentivo di affrontare una realtà tanto diversa dalla mia negli usi, nei costumi e nelle tradizioni. Lui non si arrese invitandomi a non dare una risposta affrettata ma rifletterci fino all'arrivo ad Aden. Ma io, come sempre, ero convinta della mia prima intuizione.

I giorni passavano inesorabilmente finché la nave giunse a destinazione. Lui era lì che mi aspettava per avere la sospirata risposta, ma io non avevo cambiato idea. Allora ci salutammo da buoni amici, ripromettendoci di incontrarci. Scendemmo dalla nave e le nostre strade si divisero.

Per un periodo piuttosto lungo ci scrivemmo ma poi anche questo contatto con il passare del tempo venne meno, fino a perderci di vista".

Questa era Marta, una donna che sapeva intrecciare classe, semplicità ed intelligenza, ed ora giaceva lì, rigida e fredda con le mani giunte in segno di preghiera, nel suo letto di morte. Intorno a lei tante candele ardevano facendo colare lacrime di cera e l'abbracciavano profumati cuscini di camelie, i fiori da lei preferiti. Con un pizzico di civetteria anche dinanzi alla morte, sapendo che le avrebbe fatto piacere, avevo voluto profumare i gelidi polsi con il suo profumo orientale. La stanza era invasa da un aroma di cannella, chiodi di garofano e altre spezie.

Aprii finalmente gli occhi attorno alla realtà. C'era troppo silenzio, un silenzio di morte, anche la luna pallida sembra aver perso lo splendore dei suoi raggi d'argento. Sentii la necessità di urlare la mia disperazione e con voce rotta dal pianto inveii contro lei: "Perché mi hai lasciata?".

E sempre più forte urlai: "Egoista!". Le ripetevo con voce aggressiva: "Come hai potuto farmi questo? Tu che dicevi di volermi bene, che ero la tua bambina! Vai! Vai via! Ti odio…".

La voce si spezzò in gola. Con le spalle sulle mattonelle mi lasciai scivolare a terra. Acciambellata, tenni il viso tra le ginocchia mentre la disperazione s'impossessava di me. In quell'istante mi resi conto che intorno non avevo nessuno, tanto meno lei, la nonna, che non sarebbe tornata mai più.

Mi vestii, uscii dalla mia camera. Una vecchia zia, arrivata per la triste occasione, insistette perché mangiassi qualcosa. Rifiutai seccamente. Mi diressi verso la zona del palazzo dove viveva la nonna e percorsi il lungo corridoio finché non giunsi davanti al suo salotto privato, suo regno indiscusso. Nel buio lasciai scivolare la mano sulla porta e tastai la serratura. Afferrai la chiave antica che chiudeva l'accesso con una doppia mandata. Questo era il suo angolo di pace, il limitato spazio per evadere dalla sua prigione dorata. Riuscii ad entrare con il cuore che batteva impazzito e una stretta allo stomaco, perché sapevo che questa volta non l'avrei vista più seduta di spalle, quelle spalle grandi, dritte, perfette che la vita non aveva avuto il potere di incurvare. Un tappeto persiano copriva tutto il pavimento, antico mosaico, infinità di linee che si intrecciavano creando ricche geometrie e ghirigori, colori brillanti che richiamavano paesaggi e atmosfere orientali. Al centro della stanza troneggiava il divano rosso in velluto stile Luigi Filippo, la spalliera a volute era intrecciata con riccioli dorati, le sottili gambe terminavano con una delicata piega del legno. Nell'angoliera c'era un vaso, forse uno dei pezzi più preziosi della sala. Le sue pareti erano blu cobalto decorate con volti femminili di elegante e divina bellezza, come appena usciti da un ritratto di Raffaello. La bocca svasata, il piede e i manici erano in oro zecchino. Esso conteneva rami di fiori realizzati con perline di madreperla finemente intrecciate. Un quadro con la splendida veduta di Venezia occupava un'intera parete. Era il ricordo di una delle città da lei più amate. Gli scuri del balcone impolverati, serrati, non lasciano trapelare un filo di luce. Solo ora, al buio, mi rendevo conto che questa stanza era stata chiusa per troppo tempo. Negli ultimi mesi l'avanzata età della nonna e il fastidioso disturbo alle gambe l'avevano relegata ad una poltrona del salotto, dove con prontezza di spirito ancora invitava le sue amiche. A me, invece, sembrava tornata piccola e indifesa, avrei voluto avvolgerla come in un bozzolo e proteggerla come lei aveva sempre fatto con me. In quei momenti avevo pensato che diventare vecchi fosse un po' come tornare bambini, una seconda possibilità per abbandonare le lotte della vita, rifugiandosi nella tenerezza degli affetti, vulnerabili e, comunque, soli. Nell'oscurità di questa stanza sentivo che la mia anima era spenta. Le uniche fonti di luce erano il lampadario dai pendenti a goccia in cristallo, da una parte, e, dall'altra, i ricordi del tempo passato che illuminavano a giorno la mia mente. Mi avvicinai alla scrivania, lasciai scivolare l'indice sul lucido legno mentre uno strato di polvere sottile e impalpabile imbiancava il mio dito. Mi fermai ad osservare una bellissima penna stilografica dal luccicante pennino d'oro che lei tanto usava. Provai delicatamente a sfilare il cappuccio e a scrivere qualcosa su un foglio bianco. La mia mano accompagnava quella penna e come spinta da una forza innaturale trovai scritto "nonna". Quasi un'invocazione, un urlo di nostalgia, un irresistibile desiderio di farmi stringere tra le sue braccia e farmi accarezzare i lunghi capelli come quando ero bambina e lei era solita fare dopo ogni mia birichinata, stringendomi a sé con tutto il suo amore. Il mio sguardo incuriosito finì su un tavolino dove troneggiava indisturbato da anni un vecchio album di foto ingiallite... Vecchie pagine consumate scorrevano come sabbia tra le mie mani e mi costringevano a ricordare. Allora, senza timore, afferrai l'album, pensai al tempo che fugge via inesorabilmente, come un fiume senza mai fermarsi e trascina con sé dolori, gioie, ansie, ma contrariamente al fiume, ora, il tempo si era fermato come per magia in queste istantanee in bianco e nero. Foto graffiate, lise come foglie in autunno, come stropicciate dalla mano di un bambino, usurate e scolorite dal tempo. Antichi ricordi che portavano alla mente spicchi di vita. Sorrisi nel guardare tante facce buffe, espressioni posate davanti ad un'antica macchina fotografica. Contemporaneamente un brivido di tristezza mi assalì. Molti di loro erano volati via come uccelli migratori, anche se, in queste immagini, i loro sorrisi erano fissi nell'immobilità della fotografia.

La prima di queste immagini suscitò in me echi di antichi racconti. Vidi una ragazzina dagli occhi scuri e dai fluenti capelli all'ombra di un ulivo secolare dalle argentee foglie. Al suo fianco due bambinetti vestiti con calzoncini corti e dallo sguardo birichino. La ragazza li stringeva a sé con fare materno, poggiava le mani sui loro capelli, quasi a volerli carezzare anche con uno sguardo protettivo. Erano proprio gli occhi a farla sembrare più grande della sua età. La mia mente volò via e ripercorse come tanti pezzetti di una pellicola tagliata la vita di Marta. Estrassi dalle patinose pagine dell'album un'altra tra le tante foto in cui lei era ritratta in un semplicissimo abito a fiori mentre stringeva la mano del suo papà. In quel gesto notai l'amore di questa giovane verso quell'uomo così umile e onesto. Ecco risuonare alle mie orecchie i suoi racconti che nelle fredde serate d'inverno, mentre la pioggia batteva incessantemente sui vetri, ascoltavo per ore seduta accanto a lei.

CAPITOLO II

Marta nasceva nel 1901 in una modesta casetta di via Serisso al numero 29. Il padre, Turiddu Salina, unico discendente sopravvissuto di un'umile famiglia di bottai, era anch'egli bottaio e si dedicava con indomita forza di volontà alla famiglia e al lavoro. Era cresciuto con tre semplici prospettive di vita: lavorare, farsi una famiglia e mantenerla. Era, quindi, un instancabile lavoratore e trascorreva gran parte della giornata chiuso nell'umida bottega. Qui, piegava a fatica, scaldandole, assi di legno come ogni giorno piegava la sua vita. L'angusta stanzetta durante le lunghe ore della giornata era impregnata dall'odore pungente e stucchevole della colla fusa, lasciata bollire continuamente all'interno di un'arrugginita ciotola di latta. Turiddu rimaneva lì finché non calava la sera e il buio vinceva sulla fioca luce della lampada a olio appesa al soffitto. A quel punto era impossibile continuare a lavorare. Anno dopo anno, asse dopo asse, la sua vista era irrimediabilmente peggiorata. Le mani scarne e deformate da un groviglio di nodi, tuttavia, non si arrendevano e si aggrappavano a quella stessa forza che avevano quando erano giovani. Una forza che gli arrivava dall'anima, che somigliava alla tenacia e che si contrapponeva con ostinazione ad un corpo minato dall'età e dalla stanchezza della vita difficile che aveva sempre vissuto.

La madre di Marta, aveva all'incirca quarant'anni, portava il nome di sua nonna, che si chiamava Assunta, ma tutti si rivolgevano a lei chiamandola Nina. Era di bassa statura, seno florido e una notevole morbidezza sui fianchi, il viso tondeggiante recava una certa delicatezza di tratti. Gli occhi grandi ed espressivi lasciavano trasparire un lume di bontà misto a rassegnazione per la vita grama che il destino le aveva riservato. Il viso, dalla pelle molto chiara era incorniciato da lunghi capelli brizzolati legati a treccia e raccolti a chignon. I capelli le si ingrigivano ogni giorno di più, tanto da farla sembrare più anziana della sua età. In casa vestiva in modo dimesso, come tutte le massaie quando sbrigano le faccende domestiche. In inverno era solita indossare un comodo vestito grigio e per non sporcarsi mentre cucinava, soprattutto quando preparava la passata di pomodoro che bollendo nell'ampio tegame era solita schizzare, si copriva con un pesante grembiule con pettorina che lei stessa si cuciva adoperando vecchie tovaglie da tavola a quadri grandi come quelle che solitamente vengono adoperate nelle osterie. Essendo parecchio freddolosa, sulle spalle vi appoggiava uno scialletto di lana fatto da lei, ma questa volta non con ago e filo, con l'uncinetto. Di questo piccolo attrezzo lei ne faceva grande uso ed era molto brava nell'eseguire i pullover per i suoi fratelli e, non dovendoli acquistare, era un notevole risparmio. Nel tardo pomeriggio quando il sole calava, lei tirava fuori da dietro una tenda una seggiola bassa solitamente nascosta in ripostiglio, la trascinava dietro ai vetri del balcone che sporgeva sul corso principale e vi si accovacciava eseguendo alcuni lavori di rammendo per il marito e per i figli. Ogni tanto buttava l'occhio giù in strada per osservare la gente, alle volte commentava da sola ad alta voce il passaggio delle persone e ciò che pensava di loro. Alla domenica mattina, indossava l'abito della festa, nero come da tradizione e, per renderlo maggiormente elegante, tirava fuori dall'armadio intriso di naftalina un collo di visone che aveva attaccate ancora la testa e le zampe; a fatica se lo attorcigliava intorno al collo ma non riusciva a sistemarselo bene perché quella pelle con il tempo era diventata rigida come il cartone. Dall'armadio estraeva la solita scatola dove all'interno vi erano custodite le scarpe stringate che aveva usato per il matrimonio, le venivano un tantino strette ma non c'erano i soldi per poterne comperare un altro paio e non dimenticava mai di indossare un piccolo cappellino con veletta che la faceva sentire meno timida, dato che le copriva la fronte e parte degli occhi. Salutava i bambini che rimanevano per poco più di un'ora con il marito, così finalmente poteva recarsi in chiesa per assistere alla messa domenicale. Alla fine si fermava davanti alla chiesa con le altre signore, rimaneva con loro a chiacchierare del più e del meno, scappava anche qualche sana risata prima di rientrare a casa. Questo era l'unico divertimento che Assunta poteva permettersi. Il suo sguardo stanco esprimeva tutta la solitudine interiore, figlia della povertà materiale, che da sempre aveva fatto parte della sua esistenza. Ci si sposava giovanissimi e le famiglie di appartenenza erano le più contente, per un unico motivo: poter dire agli altri che avevano dei figli felici, preoccupandosi più della forma che della sostanza, incuranti dei dispiaceri che la loro stessa prole avrebbe dovuto affrontare. Lei non aveva fatto eccezione e non era venuta meno alle tradizioni siciliane sposandosi a soli quindici anni. A quell'età le sarebbe piaciuto giocare con le bambole, inventandosi insieme alle altre bambine giochi di ruolo, ad esempio giocare alla mamma. La sua bambola, purtroppo, era vera in carne e ossa, era la sua bambina che aveva chiamato Marta. I fratellini crebbero ma erano ancora molto piccoli quando la madre, che stava per partorire, morì subito dopo il parto stroncata dalla setticemia. Da quel momento in poi, la vita per la famiglia Salina divenne ancora più difficile, i fratellini avevano bisogno di cure in quanto ancora piccoli, il padre impegnato nel suo lavoro cercava di portare quanti più soldi in casa potesse. Per questo motivo fu Marta a doversi prendere cura di tutto, sia della casa che della famiglia. Cercò di frequentare la scuola, ma non riusciva a conciliare gli impegni familiari con lo studio, costretta a malincuore a dovervi rinunciare anche se studiare le piaceva tanto. Questo luttuoso evento, che si abbatté sulla famiglia come un improvviso uragano, la indusse a crescere in fretta. Non giochi, non amicizie, non spensieratezza, ma gravi responsabilità pesavano su di lei. Sentì sin da subito l'importanza del suo nuovo ruolo e con coraggio e tenacia cercò ogni giorno di provvedere a tutte le necessità della sua famiglia. I lavori di vice mamma la impegnavano da mattina a sera, come una piccola cenerentola lavorava senza mai fermarsi ma soprattutto senza mostrare un filo di stanchezza. Non cercava lo svago perché non conosceva la parola "gioco". In cuor suo spesso si sentiva persa, aveva paura e credeva di non farcela. Erano quelli i momenti in cui avrebbe avuto voglia di tornare ad essere una bimba spensierata. Vedeva tante coetanee mentre giocavano in strada, spesso si fermava a guardarle, desiderosa di correre con il cerchio o di stringere una bambola di pezza e di guadagnare uno spazio ludico. Invidiava quelle ginocchia sbucciate che spuntavano dalle corte gonne delle bimbe, indici di una giocosa infanzia. Le sue sbucciature, invece, erano dovute alla posizione che assumeva per lavare i panni al fiume o per pulire i pavimenti. Lei non poteva più giocare a fare la mamma di una bambola di pezza. Era già una dura realtà fatta di affanni, di preoccupazioni e di responsabilità. Troppo grandi per una ragazzina di soli tredici anni.

Il tempo passava e diventava sempre più bella. Nei momenti che poteva dedicarsi al suo svago percorreva a piedi il lungo corso per recarsi in chiesa, forse a pregare il buon Dio, oppure la sua mamma che stava in cielo, che le desse la forza di continuare. Nei suoi pensieri c'era un tutto.

Il padre, diventato con il tempo ancor più vecchio, avrebbe desiderato che la figlia avesse potuto avere una sua famiglia. Ma lei, capace di leggere nei pensieri dei suoi familiari, sfuggiva da questo progetto, sentiva troppo forte il peso della responsabilità ed era fermamente convinta che il genitore e i due fratellini rappresentassero già la sua famiglia. L'amore non le interessava. Solo l'idea di dover lasciare quella casa, quei mobili e quelle pareti bianche di calce e senza quadri ma pregni di ricordi, la terrorizzava. Il distacco del matrimonio era per lei come morire.

Ma venne il giorno in cui il padre prese l'amara decisione di maritarla. Si sentiva non solo pieno di responsabilità che non poteva condividere, ma anche stanco del lavoro, dei suoi sacrifici e della sua solitudine di genitore. Il suo corpo manifestava in tutto il suo essere questa stanchezza: era malato e debole ormai. Le mani gli tremavano e non avevano più la forza per modellare piegando le lunghe assi di legno. Le gambe e le ginocchia non reggevano quasi più il peso del suo corpo e dei suoi dispiaceri misti a preoccupazioni. Il suo cuore era ormai gonfio di solitaria tristezza. Vedeva sua figlia, nel fiore degli anni più belli, annullarsi per amore di questa famiglia che non era nemmeno nata da lei. L'appoggio di Marta nelle faccende domestiche e nell'organizzazione della vita quotidiana era stato per lui indispensabile e fonte di una certa serenità, ma, allo stesso tempo, non avrebbe mai voluto che la giovane si fosse persa l'opportunità di costruirsi una propria vita e un proprio futuro a causa di un destino beffardo.

Chiamò un "sinzale", uno di quei personaggi che conoscono tutti gli abitanti di un paese o di una piccola città. Quelli che combinano matrimoni gestendo le richieste provenienti dalle famiglie in cerca di un marito o di una moglie per i propri figli. A quei tempi, il matrimonio infatti non era solo la consacrazione di un sentimento e di una passione, ma rappresentava un vero e proprio contratto, un accordo economico tra famiglie. Dopo una lunga fase di ricerca, si presentò con aria indagante nella bottega di Turiddu. Appena lo vide, il vecchio capì l'antifona e un misto di felicità e malinconia gli riempì l'anima. Passarono poche settimane, finché non venne organizzato l'incontro per far conoscere gli sposi e le due famiglie. Un'antica tradizione voleva che la famiglia dello sposo si recasse a casa della sposa per chiederne ufficialmente la mano. Nel frattempo si sarebbero anche presi accordi circa il corredo, quindi sul numero dei capi di biancheria che la giovane avrebbe dovuto portare con sé, cercando di ottenere prima del matrimonio il consenso della futura suocera. Per questa occasione, dunque, la casa di Marta venne lustrata da cima a fondo. Con il battipanni venne battuto l'unico divano che regnava nella piccola sala, mentre una nuvola di polvere invadeva e si poggiava su tutto. Dalla cucina usciva l'odore del cioccolato e si spandeva ovunque mentre il forno a legna, scoppiettante, cuoceva la piccola torta povera di ingredienti, ma ricca d'amore e fatta magistralmente dalle mani di Marta. Appena sfornata, i fratellini volevano assaggiarla ma lei l'appoggiò sul piano più alto della piattaia affinché non la mangiassero di nascosto.

Giunse la sera e tutti erano indaffarati nei preparativi. Nella povera casa del bottaio si respirava un'aria tesa e nervosa. Turiddu indossò l'unico vestito della festa, lo stesso che aveva sia per il suo matrimonio sia per la morte della moglie. Oggi, a tanti anni di distanza, gli era un tantino stretto, come gli era diventata stretta anche la vita. I bottoni del gilet non si allacciavano per quanti sforzi lui facesse. Ma pensò che andava bene così. Tirò fuori dall'armadio con orgoglio la coppola nera che lui considerava la più elegante. Marta, dal canto suo, indaffaratissima, cercava di vestire i suoi fratelli urlando in continuazione i loro nomi: Vito, Carlo, Martino, ma loro facevano finta di non sentire mentre continuavano a rincorrersi a destra e a manca perché non volevano indossare quegli strani abiti che avevano indossato poche volte nel corso della loro breve vita. Lei urlando li richiamava e faceva loro delle raccomandazioni su come comportarsi. Poi, una volta sistemati i bambini, li lasciò liberi di giocare e andò a prepararsi a sua volta. Pronto sulla gruccia c'era il suo vestito azzurro-turchese, fresco di stiratura. Quando l'indossò si evidenziò subito la linea fluida che delineava le forme aggraziate. Dalla scollatura appena accennata si intravedevano i prosperosi e turgidi seni, mentre tra i capelli corvini fissò con le forcine un fiore dello stesso colore dell'abito. Marta splendeva di luce come la principessa del turchese. Uscita dalla stanza, il padre la guardò compiaciuto e orgoglioso. Lei era il suo capolavoro, la cosa più bella che nella vita era riuscito a creare. Verso le sette di sera si sentì il batacchio sbattere contro la porta d'ingresso. Tutti si misero in fila indiana per accogliere la famiglia Nicosia, appena entrati iniziò la danza degli sguardi. Tutti, pieni di curiosità, cercavano di conoscere e di scrutare cosa fosse nascosto dietro il volto di ciascuno di loro.

La famiglia dello sposo era composta da tre persone: Giuseppe, il futuro sposo, Donna Sarina, la madre, e Don Jaco, il padre. La signora, una figura femminile dall'aspetto matriarcale, fu la prima a fare il suo ingresso. Vestiva un lungo abito marrone con ramage bianchi e portava un cappello dalle rigide falde. A seguire il padre, Jaco, dalla forma tondeggiante, di bassa statura, carnagione olivastra, baffi lunghi e ben curati, un uomo dai modi piuttosto grossolani. Giuseppe era un giovane di bella presenza, alto un metro e ottanta, baffi irti, robusto, occhi neri e profondi, capelli lisci tenuti a bada da abbondante brillantina, senza però nessuna caratteristica, nessun particolare che lo rendesse speciale e degno di attenzione da parte di Marta. Poteva essere definito un bel ragazzo anche se un po' anonimo.

Gli ospiti furono invitati ad accomodarsi in casa. Appena seduti nell'umile salotto si percepì un grande imbarazzo. Il silenzio era assoluto. Continuavano a scrutarsi, ma nessuno parlava. Tutti gli sguardi erano rivolti a Marta. La madre di Giuseppe iniziò a sottoporla con domande di vario genere, cercando di metterla in difficoltà e volendo scoprire chissà quali segreti. La povera ragazza arrossiva continuamente per la timidezza e non riusciva a capire il perché di quella serie di domande insistenti. I giovani non si rivolsero neanche una parola e non si sfiorarono nemmeno con lo sguardo. Mentre gli uomini parlavano di dote e prendevano accordi, Marta tirò giù dalla piattaia la torta per offrirla. Sul tavolino del salotto non poteva mancare il famoso rosolio, antico liquore molto apprezzato, che veniva servito solo nelle occasioni speciali ed era bevuto in minuscoli bicchierini. I due anziani genitori parlarono a lungo e spesso venivano interrotti dalla signora che accampava diritti sul numero delle lenzuola o delle coperte del corredo. L'unica cosa che Marta chiese a Giuseppe fu: "Che lavoro fai?". Giuseppe, sicuro di sé, con un largo superbo sorriso rispose: "Faccio la guardia carceraria. Sono soggetto per il mio lavoro a vari spostamenti e tu sposandomi mi dovrai sempre seguire". A queste parole il volto della giovane si rabbuiò. Perché mai avrebbe dovuto abbandonare i suoi amati fratelli, la sua casa e il suo vecchio padre? Dove sarebbe andata a finire lontana dal suo mare e dalla sua città? Chi mai avrebbe conosciuto in questa nuova realtà? Si sarebbe mai potuta fidare della nuova gente? La sua vita sarebbe stata solo in funzione di suo marito? Tutte domande che si affollavano nella mente ma che non trovavano alcuna risposta. Improvvisamente intervenne la futura suocera, piena di quella superbia propria di chi si sente di appartenere ad un ceto superiore. Si rivolse a Marta drasticamente, senza lasciarle alcuna possibilità di controbattere, dicendo: "Ricorda ragazza mia, la moglie segue sempre il marito e a lui deve sempre obbedienza e rispetto!".

In quel momento Marta avrebbe voluto piangere. I suoi occhi si riempirono di lacrime ed enormi lucciconi fecero breccia sul suo viso. Presa dalla rabbia iniziò a chiedersi perché lei avrebbe dovuto fare tanti sacrifici per quest'uomo che era un emerito sconosciuto e che stava cercando di insinuarsi nella sua vita con tanta prepotenza e arroganza.

Da quell'incontro, Turiddu rimase fortemente turbato soprattutto per i modi bruschi e autoritari che donna Sarina aveva usato nei riguardi della sua adorata bambina. Lui conosceva bene sua figlia anche se non si parlavano mai con intimità. Spesso la osservava in silenzio con quello sguardo di attenzione e protezione che solo un padre ha verso i propri figli. Sapeva che Marta era una ragazza sensibile, ma nel contempo particolarmente riservata e rispettosa. Lei amava fare tesoro delle piccole regole di vita che le erano state tramandate dai genitori. Responsabile e matura, spesso si dedicava agli altri rinunciando a sé stessa. Con la sua decisione e la sua forza, invece, non rinunciava mai ai suoi principi. In casa era autorevole ma mai autoritaria, nonostante la sua giovane età. Anche se la loro era una famiglia umile, Marta ne aveva appreso regole morali che andavano oltre ogni divisione sociale. Ma il vero motivo di preoccupazione per Turiddu era donna Sarina. Lei era una popolana volgare e petulante. Si imponeva autoritariamente su tutti, soprattutto sul marito e sul figlio, fino a calpestarne la personalità. Durante quell'incontro fece di tutto per rendersi antipatica, forse per provocare qualche accesa discussione alla quale lei era solitamente abituata. Lo scontro animato era l'unico modo che conosceva per rapportarsi agli altri. Il buon Turiddu non era riuscito a scorgere nei suoi occhi un briciolo di umanità. Che tipo di figlio poteva essere quello nato da una tale donna? Poteva solo essere un uomo uguale a lei con poco amore e tanto desiderio di sopraffazione. Gli stessi bambini guardavano donna Sarina con occhi impauriti. Infatti non conoscevano il conflitto e l'ostilità, dal momento che erano da sempre stati allevati con dolcezza e amore sia dalla sorella che dal padre. Durante la riunione erano rimasti impietriti e in religioso silenzio, con i pantaloncini corti, un'unica bretella e i calzini bianchi che lasciavano intravedere le paffute gambette. Furtivamente accarezzavano il braccio della sorella maggiore quasi a voler cercare riparo e allo stesso tempo a darle coraggio.

Immerso in tutti quei pensieri, quella notte Turiddu non riusciva a dormire. Il suo sonno era agitatissimo e pieno di incubi. L'idea fissa era l'infelicità totale nella quale sarebbe finita la figlia, strappata ai suoi affetti, portata via dal suo paese per ottemperare agli impegni lavorativi del futuro marito. Con questo matrimonio senza amore, sarebbe stata condannata all'eterna disperazione. Albeggiava, quando si alzò dal letto, madido di sudore, e si diresse verso la cucina. Si accorse che la porta era socchiusa e che un filo di luce fuoriusciva dalla serratura. Prese frettolosamente il forcone per difendersi immaginando che qualche malavitoso si fosse insinuato nella sua abitazione. Con decisione spalancò la porta. Ai suoi occhi apparve una scena molto triste. Marta seduta su una seggiola di saggina semi sfondata, si teneva la testa tra le mani e singhiozzava disperatamente. In un solo istante capì che lei aveva passato la notte a versare lacrime piene di angoscia su quel povero tavolaccio di legno. Il suo viso era segnato dal pianto e dal mancato sonno. Gli occhi gonfi e le gote stropicciate erano il riflesso della pesantezza della sua anima, allora, con fare amorevole le si avvicinò, le sollevò il capo asciugandole le lacrime che le rigavano il viso senza sosta e commosso come Marta non l'aveva mai visto, le disse: "Piccola mia, ascolta, capisco che per te questo matrimonio sarebbe l'unico modo per cambiare vita, finalmente potresti crearti una tua famiglia e soprattutto non fare più quei sacrifici che fai ora per quei pochi soldi che io riesco a guadagnare con cui tiriamo avanti a fatica, tanto da non riuscire il più delle volte ad arrivare a fine mese!".

Marta, piena di emozione, rispose: "Papà, la mia famiglia siete voi, tu e i miei fratelli! A me non interessa avere una bella casa, andare a fare la spesa senza dovermi chiedere cosa potrei comprare con pochi spiccioli. Non mi interessa avere dentro l'armadio tanti vestiti. La mia unica felicità siete voi, quando so che siete felici. Non conosco il mondo, ma non voglio barattare voi in cambio dell'illusione di una vita serena. Hai visto anche tu quelle persone. Come potrei sentirmi a casa con quella gente così superba da non essere riuscita a mostrarci il minimo rispetto. Il mio sogno sarebbe quello di avere una famiglia di cui possiate far parte anche voi...". Si interruppe con le parole che le si strozzavano in gola e riprese a singhiozzare. A questa esternazione, anche il padre con gli occhi gonfi di lacrime scoppiò a piangere. Si strinsero in un forte abbraccio. Mai l'uomo si era sentito così vicino alla figlia e così insicuro delle proprie decisioni. Erano molto legati e, proprio per questo, Turiddu in un attimo capì che non doveva aggiungere sofferenza alla sofferenza. Quella bambina di un tempo, oggi donna, aveva dedicato spesso la sua vita per amore degli altri. Commosso da questo lungo abbraccio e ancora con gli occhi umidi disse: " Nessuno ti porterà mai più via da me, se tu non lo vorrai. Rimarrai qui, con noi, fin quando non sarai tu a decidere e a dirmi se realmente ti sarai innamorata". A queste parole la ragazza smise improvvisamente di piangere. Alzò gli occhi verso il padre e gli rivolse uno sguardo misto di felicità e gratitudine. Presa da un impeto di infinita gioia e commozione gli saltò al collo tanto da fargli perdere l'equilibrio. La cucina, fino a quel momento piena di lacrime, sospiri e profonda tristezza, si riempì di sorrisi e allegria. Era come se il sole sorgendo avesse voluto spazzare via tutti gli angosciosi incubi della notte. Alle risate argentine si unirono anche i fratellini che si erano destati per quell'insolita allegria mattutina. Per la famiglia Salina quello fu un momento di grande felicità.

CAPITOLO III

L'indomani il padre di Marta, risoluto nella sua decisione, si recò a casa di donna Sarina.

Arrivato davanti all'uscio dell'abitazione, bussò alla porta, facendo attenzione a non sbattere il batacchio per più di una volta. Attese qualche minuto, poi gli fu aperto dalla stessa Sarina. La donna era un tantino in disordine e i suoi ricci non erano freschi di piega. Lo guardò sorpresa con sguardo interrogativo. Non capiva, infatti, il motivo di quella visita inaspettata e, in quel momento, poco gradita. Turiddu venne fatto accomodare nel salotto buono, ricco di quadri, tappeti, vasi dorati e innumerevoli specchi. I piccoli oggetti saturavano l'ambiente carico di una ricchezza troppo ostentata.

La donna indispettita e con il solito tono arrogante chiese il motivo dell'incontro. Turiddu, imbarazzato, cercò di trovare le parole giuste e, con grandi sforzi diplomatici, balbettando, comunicò alla padrona di casa che il matrimonio non si sarebbe più celebrato.

Appena Sarina sentì ciò, andò su tutte le furie. Trattò il povero Turiddu con boriosa maleducazione, ingiuriandolo e insultandolo con termini irriverenti, quali straccione e morto di fame. Lo spinse fino a farlo giungere davanti alla porta e, come saluto, gli urlò in faccia: "Vai via! Puzzi come quel maiale che tieni nel tuo porcile. Tu e tua figlia non siete degni di noi! Sei solo un buffone e non sai cosa significa mantenere la parola data". Poi, lo scaraventò per la strada, tirandogli dietro una pianta di profumatissimo gelsomino che il poveretto riuscì appena a schivare.

Turiddu rimase scosso da questo comportamento. Turbato da quella aggressività a lui sconosciuta riusciva a stento a mettere un piede dopo l'altro. Barcollando a fatica, più per la rabbia inespressa che per il male alle gambe, riuscì a trovare la strada di casa. Decise di non rientrare subito. Era sicuro che Marta avrebbe capito l'umiliazione subita dal turbamento che si leggeva sul suo viso.

Quella donna aveva superato ogni limite calpestando lui e il buon nome della famiglia. Il vecchio padre era molto triste, aveva tanta amarezza perché nessuno durante i suoi lunghi anni di vita, lo aveva mai trattato così male. Era stata derisa la sua dignità di uomo onesto era stato tacciato di disonestà, lui che, nella sua semplicità e con l'umiltà della sua vita, aveva sempre difeso i suoi sani principi morali. Tuttavia, strada facendo, la tristezza andava scomparendo, sostituita dal rassicurante pensiero che sua figlia non sarebbe mai diventata schiava e succube di quella donnaccia. Lungo la via di casa, si fermò davanti al mare osservando il susseguirsi delle onde e sentendo il profumo della salsedine, fu pervaso da una forma di serenità e un senso di leggerezza che spazzarono via l'amaro dell'offesa subita. La voce del mare lo quietò ed ebbe la conferma di aver fatto la scelta giusta. Rientrò in casa tranquillo e non fece parola di ciò che gli era accaduto. Raccontò a Marta con dovizia di particolari che era stato accolto con estrema gentilezza e che, dopo le sue parole, erano stati tutti comprensivi, ascoltando le sue ragioni. Disse anche che gli avevano offerto un buon bicchiere di passito, dolce e profumato e che si erano salutati cordialmente. Marta si mostrò lieta e accomodante, ma in cuor suo non credette pienamente alle parole del padre, avendo ben presente donna Sarina e la sua famiglia. Da quel momento nessuno fece più riferimento a quel triste evento. Gli anni passarono. La vita continuava a scorrere come sempre, tra sacrifici e difficoltà. I fratellini crescevano e il padre diventava sempre più vecchio e malato. Il cuore di Turiddu ogni giorno era sempre più stanco, affaticato dal duro lavoro di bottega, che nonostante tutto continuava a svolgere con lo stesso impegno di sempre. Purtroppo, una nera mattina d'inverno il pover'uomo si spense. Il paese intero si unì al dolore di Marta, porgendo l'ultimo saluto alla salma di Turiddu. Tutti presero parte ai funerali di quell'uomo che ciascuno ricordava con affetto per la sua grande disponibilità e onestà. Non presero parte al funerale solamente donna Sarina e la sua famiglia. Tale atteggiamento non sorprese Marta, consapevole dell'aridità d'animo di quella donna. Dopo la morte del padre, la vita di Marta diventò ancora più difficile. La piccola bottega fu definitivamente chiusa e sprangata da una sbarra di legno, mentre in alto a sinistra fu fissata una fascia nera in segno di lutto. Il padre le lasciò una misera pensione e un piccolo gruzzoletto che era riuscito a risparmiare a fatica durante tutti gli anni di lavoro, di enormi sacrifici e che teneva gelosamente conservato all'interno di un materasso. Turiddu aveva lottato contro la durezza della vita e per la sopravvivenza con grande dignità e fierezza. Era questa l'eredità più grande che lasciava ai suoi figli.

Nel 1921 l'Italia intera assistette ad una profonda crisi. Si verificò un incremento della disoccupazione, un conseguente calo degli investimenti, molti conflitti sociali e, soprattutto, scioperi a catena. Ciò creò un enorme caos politico ed economico. L'inasprimento maggiore lo si ebbe dalle mancate promesse fatte ai contadini del meridione, che attendevano degli appezzamenti di terra che non vennero mai concessi. Nacquero così i "Fasci Italiani di Combattimento". Questo nuovo movimento echeggiava le avvisaglie di un nuovo partito, il cui fondatore fu Benito Mussolini. Da giovane militava nel partito socialista, ma si era formato su base anarchica. Era un uomo taciturno e solitario. I rapporti con i coetanei erano fatti di risse e scazzottate, non voleva essere amato ma ammirato e temuto. La società, la scuola, l'informazione vennero fascistizzate, tutti dovevano vestire una divisa, parlare per slogan e recitare un fisso copione. Gli oppositori venivano picchiati, incarcerati, inviati al confino o costretti all'esilio. Tra gli italiani crebbe un fortissimo dissenso nei confronti del "Duce", come amava farsi appellare, che tanto aveva promesso senza poi riuscire a realizzare quello che gli italiani si aspettavano.

Un pomeriggio di mezz'estate, Marta decise di fare una passeggiata nel boschetto non molto distante dalla sua casa. Si era addentrata dove la vegetazione non era molto fitta, circondata da una miriade di piante odorose, tipiche della macchia mediterranea. Si era avventurata fino a quel bosco perché desiderava procurarsi molti pinoli per preparare ai fratellini uno dei loro dolci preferiti. Stava raccogliendo delle profumatissime pigne, molte delle quali, cadute dagli alberi che erano state nascoste dagli irti cespugli. Sapeva bene che percorrendo quei piccoli sentieri, stretti e ombrosi, spesso si sarebbe potuta imbattere in giovani partigiani. Tuttavia non era spaventata dai possibili rischi perché era coraggiosa e, data la giovane età, forse anche un po' incosciente. Infatti, strada facendo, quel giorno incontrò alcuni uomini che le sembrarono proprio veri partigiani. Li aveva riconosciuti perché aveva sentito dire che giravano sempre in coppia, che erano giovani, addirittura ragazzini, sporchi, con i capelli crespi, armati alla meno peggio con una cartucciera a tracolla e un fucile sulla spalla. Aveva sentito dire che nei loro occhi brillavano fierezza, orgoglio e fame di libertà. Nessuno di loro osò importunarla. Più di uno le rivolse degli apprezzamenti per la sua bellezza, ciò non le dispiaceva, orgogliosa di piacere, ma alla luce di quello che le era stato raccontato cercava di affrettare il passo per evitare tristi conseguenze. Durante la passeggiata udì in lontananza anche il rumore sordo di alcune esplosioni. Imperturbabile continuava la sua passeggiata. Ad un tratto sentì un fruscio che proveniva da dietro un cespuglio. Tra i rami vide luccicare al sole la canna di un fucile puntata contro. In quell'istante, presa dal panico, perse la testa e fu assalita dall'istinto di fuggire. Venne inseguita da un ometto basso di statura e non molto agile che non riusciva a starle dietro. Un vecchio partigiano amico di gioventù del padre, le aveva insegnato ad arrampicarsi sugli alberi, come fosse lesta più di un gatto. Cercò di sfruttare quest'abilità e si arrampicò sul tronco di un frondoso ulivo. Rimase rannicchiata. Spaventata da un profondo silenzio, si affacciò dal tronco, si guardò intorno e non vide nessuno. Solo in quel momento decise di venire fuori dal suo rifugio. Iniziò a correre, ma la gonna le si impigliò in un cespuglio di rovi. Mentre cercava di liberarsi, alle spalle avvertì una presenza e una voce che le intimò di non muoversi. Con occhi sgranati per la paura e irrigidita, si fermò e, scoppiando in un pianto a dirotto, si gettò a terra invocando pietà. In quel momento credette che la sua vita sarebbe finita così, che non avrebbe più rivisto i suoi cari. Invece l'uomo impietosito e commosso da tale gesto di disperazione, gettò a terra il fucile in segno di resa mentre cercava di calmarla, in modo amorevole come un fratello maggiore. Marta capì che costui non le avrebbe fatto nulla. I loro occhi si incrociarono e lei notò nello sguardo di lui tanta bontà. Era madido di sudore e terribilmente affamato. Le confessò che era fuggito dai partigiani, che era un disertore e che per tanti mesi era rimasto isolato dal mondo, nascondendosi da tutti. Fuggiva perché non amava sparare alla gente anche se nemici. Una volta rotto il ghiaccio, si sedettero su un masso mentre lui, provato dalle vicende vissute, le raccontò la sua vita sui monti, il dormire al freddo, avendo come unica coperta il cielo e per cuscino il suo zaino. Le raccontò della sua vita. Marta lo portò a casa, lo rifocillò, gli diede abiti puliti, un posto dove dormire e del cibo.

Lei e Andrea, questo era il nome del giovane partigiano, strinsero una vera e grande amicizia. Da quel momento divenne un disertore che si andava nascondendo tra la casa di Marta e quella della madre. Una notte d'estate mentre tornava a casa da sua madre, dopo aver passato una lieta serata con Marta e i fratelli, perse la vita in un agguato. I partigiani che ormai erano sulle sue tracce non ebbero alcuna pietà di quel giovane così sensibile e poco esperto di armi.

Marta, molto legata alla sua memoria e alla spensieratezza di quella vera amicizia, era solita tenere in camera sua dinanzi alla foto di Andrea un mazzolino di fiori di campo che tutti i giorni andava a raccogliere in ricordo di quel regalo di una notte, quando si erano conosciuti. Vicino alla foto c'era anche un vecchio e ingiallito rametto di pino che lui le aveva regalato.

All'anno 1930 risale la foto di Marta stretta al suo futuro marito. Lei ventinovenne, bellissima, ma molto timida e riservata. Usciva di rado, l'unica occasione che aveva per andare fuori casa era quella di recarsi a messa tutte le mattine. Terminata la funzione religiosa, passeggiava con qualche amica lungo il corso principale, a volte fermandosi a parlare anche con conoscenti.

Un giorno di fine agosto, mentre stava passeggiando il suo sguardo profondo e dai neri occhioni da cerbiatta incrociò quello di un uomo, sicuramente interessante ma non giovanissimo.

Indossava un abito scuro, camicia bianca, cappello e portava nell'asola della giacca di lino una spilla che recava un particolare motivo geometrico formato dall'intersezione di un cerchio bianco con una croce nera. Non era solo ma in compagnia di altre due persone, anche loro molto eleganti. Marta non poté fare a meno di osservarlo e ammirarlo per la fierezza e per il fascino che emanava. Per una giovane ragazza come lei, abituata a vivere solo nel suo piccolo quartiere non era usuale incontrare persone di tale classe. Quando l'ora si fece tarda, si congedò dalle amiche e tornò a casa. Marta era rimasta talmente affascinata da quell'uomo interessante e dai modi garbati che il giorno seguente, nei momenti in cui non era impegnata nelle faccende domestiche, gli era tornato spesso in mente .

I giorni passavano e il ricordo di costui sbiadiva, tanto da dissolversi come fa la nebbia quando soffia il vento. Giunse l'autunno con le sue piogge, la terra emanava nuovi profumi, gli alberi si spogliavano dalle foglie che cadevano una dietro l'altra adagiandosi delicatamente su strade e marciapiedi. La città sembrava uscita dalla tavolozza di un pittore. I colori tutt'intorno esplodevano in tonalità dal giallo al viola, dal rosso al marrone, come un miracolo che solo la natura è capace di creare. Pioveva a dirotto, le luci delle finestre dei palazzi erano quasi tutte accese. La poca gente in strada andava frettolosamente, facendo fatica a ripararsi. Il vento che giungeva dal mare torceva con violente raffiche l'ossatura degli ombrelli.

Marta dietro la finestra era intenta a guardare ciò che succedeva fuori. Si sentiva fortunata nel poter stare in casa al caldo. In uno di quei piovosi e plumbei pomeriggi, qualcuno, che aveva sicuramente fretta di entrare, suonò con insistenza alla sua porta. Marta non aspettava nessuno ma si affrettò ad aprire. Rimase sorpresa. Era Annunziata la sua più cara amica che abitava qualche isolato più in là. La ragazza, affannata per sfuggire al temporale, entrò senza complimenti, Marta le fece asciugare i capelli madidi di pioggia e per rifocillarla le offrì una fumante tazza di tè al gelsomino, una specialità che sapeva preparare con cura usando i fiori di gelsomino che lei stessa essiccava. Mentre sorseggiavano quella delicatissima bevanda, ridevano, scherzavano, si prendevano in giro. Non sapendo come trascorrere quel lungo e monotono pomeriggio, decisero di andare al cinema. Proiettavano un film che aveva fatto molto discutere tutta la città per una lunga scena di un bacio tra i protagonisti. La pellicola si intitolava "Amore infinito".

La pioggia veniva giù senza sosta, erano indecise se uscire o meno, ma alla fine decisero di andare, non prima di aver indossato gli stivali e una mantella scorriacqua. Per le strade c'era un gran silenzio, si ascoltava solamente la pioggia battere sull'asfalto mentre le grondaie scaricavano fiumi d'acqua. Le strade luccicavano per effetto della luce dei lampioni. Le ragazze allungarono il passo tenendosi ben strette l'una accanto all'altra per permettere all'ombrello di ripararle da quella pioggia così insistente che le costringeva, di tanto in tanto, a cercare riparo dentro qualche portone aperto. Nel momento in cui sentivano la pioggia diminuire, uscivano velocemente dagli androni e frettolosamente riprendevano il cammino. Dopo aver percorso tutto il viale principale, finalmente oramai poco distante videro un'insegna gialla che bucava la nebbia. La fredda luce al neon faceva brillare il nome del locale. Il cinema aveva una piccola sala ben frequentata, arredata semplicemente con sedie di legno e grandi drappi di velluto rosso alle pareti. Nel momento in cui le due ragazze stavano per entrare, si fermò davanti alla porta del cinema una lunga auto di colore nero e dalle cromature luccicanti guidata da un autista che si affrettò ad aprire sia l'ombrello che la portiera. Avvolto in una mantella nera, comparve quell'uomo che inconsapevolmente aveva occupato il pensiero di Marta per tanti giorni. Lei lo vide e rimase sorpresa per l'incontro inatteso. Non riusciva a distogliere lo sguardo da quell'uomo, mentre una morsa le stringeva lo stomaco. Le balenò in mente che quell'incontro potesse essere un qualche segno premonitore. L'uomo misterioso però non era solo e lo vide porgere il braccio ad una donna di piccola statura ma vestita elegantemente. La folta pelliccia che la copriva la rendeva più corpulenta di quanto non fosse. Sui capelli biondi un cappellino a tesa larga le lasciava scappare qualche ricciolo. Il personale del cinema li accolse con tutti gli onori e, subito, la maschera li accompagnò assegnando loro i posti in prima fila. Le due giovani ragazze rimasero con gli occhi sgranati osservando tanta eleganza. Marta, dopo qualche attimo di stupore, ritornò in sé. Si sentiva ribollire il sangue, immotivatamente, quasi un'esplosione di rabbia mista a gelosia pervase il suo corpo. Le luci della sala dopo qualche minuto si abbassarono nell'attesa della proiezione del film. Le ragazze si sedettero cercando di prendere posto. Marta, senza far capire nulla ad Annunziata, cercò di sedersi in una posizione da cui poteva scorgere l'uomo ed essere vista a sua volta. Il film ebbe inizio. Marta non riuscì a seguire la trama. Nella sua mente si affollarono una serie di domande. Non riusciva a capire perché fosse così interessata a quell'uomo. Perché continuava a guardare un uomo molto più anziano di lei. Si chiedeva cosa avrebbe mai potuto offrirle un attempato signore che sembrava essere così orgoglioso della donna che gli stava accanto. Tutte domande a cui non sapeva dare risposta. Costui era sicuramente un uomo che apparteneva ad un ceto sociale completamente diverso dal suo. Sicuramente non passava la notte a pensare come avrebbe potuto fare per pagare le bollette della luce, la bombola del gas che stava per esaurirsi e tanto altro. Non sapendosi dare nessuna risposta, decise di interrompere questa catena di pensieri e seguire il film. Annunziata vide la sua amica immersa nei suoi pensieri e in modo lapidario le disse: "Marta, non farti tante domande, sei cotta di quest'uomo, cotta come una pera!". Colta nell'orgoglio, si sentì scoperta nei suoi intimi pensieri e rispose: "Smettila, sciocca che non sei altro! Come potrei innamorarmi di un uomo tanto più grande di me e soprattutto con una moglie? Avrà sicuramente l'età di mio nonno!". Le uscirono queste parole per l'istinto di proteggersi, ma erano parole a cui lei stessa nemmeno credeva. Nella sala illuminata fiocamente il film proseguiva e facevano eco solamente le voci degli attori. Quando le luci si accesero, l'uomo iniziò a guardare con insistenza Marta, facendo ben attenzione affinché la moglie non se ne accorgesse. Per tutta la durata del film i due si lanciarono continui sguardi e quando giunse la scena del tanto atteso bacio, l'uomo e Marta non smisero di guardarsi per un solo istante. Quello sguardo era stato talmente intenso che fu per loro come fare l'amore. Marta sentì una cascata di brividi che le saliva lungo il corpo. Gli sguardi si fecero complici, passionali, mentre lui nervosamente continuava a fumare una sigaretta dietro l'altra. E fu così per tutta la durata del film. Quando si riaccesero le luci, le ragazze non uscirono subito. Si attardarono, mentre quell'uomo e la moglie facendosi spazio tra la gente furono costretti a passare davanti a loro. Lui, per l'esiguo spazio del corridoio, sfiorò le gambe di Marta, quasi in segno di complicità. Ma l'uomo si mostrò impavido all'inverosimile e, senza farsi scoprire dalla moglie, fece volare un bigliettino sulle ginocchia della ragazza. Marta, per nulla abituata a queste avancés, rimase sorpresa da tale gesto. Si alzò insieme alla sua amica e, incuriosite dal contenuto di quella missiva, frettolosamente si recarono nella toilette del cinema. Lì accesero la luce e insieme lessero:

Dott. Francesco Gian Maria Podestà di Trapani
Via G.B. Fardella 00
tel: 21122

Il biglietto recava sul retro una breve frase: "I tuoi occhi hanno fatto e faranno di me il tuo schiavo. Chiamami. A presto".

Chiamami. Quel tono così impositivo non piacque molto a Marta, per sua natura era allergica ad ogni forma di ordine. Per tutta la vita si era autogestita sia nel bene che nel male senza ricevere ordini da nessuno. Nonostante questa frase infelice, il suo cuore palpitava di gioia. Annunziata abbracciando la sua amica le disse: "Io sarò la tua testimone di nozze". Scoppiarono in una grande risata e abbracciate uscirono dal cinema. Lungo la strada, felici e gioiose giocavano come bambine entrando e uscendo dalle tante pozzanghere. Giunte sotto i rispettivi portoni si scambiarono il bacio della buona notte e si separarono dandosi appuntamento per l'indomani mattina.

Tutta la notte Marta si girò e si rigirò nel letto. Non riusciva a dormire. Mille dubbi le salivano nel cuore. La simpatia e il colpo di fulmine verso quell'uomo le facevano porre tanti interrogativi: dare retta alla ragione? Doveva tenere conto che era un uomo sposato? E l'età? E la differenza sociale? Avrebbe dovuto dare ascolto al suo cuore?

Passò circa un mese. Marta non compose il numero telefonico anche se tante volte ne fu tentata. La regione prevaleva sul sentimento così non successe nulla. Ma un pomeriggio si verificò ciò che per tanto tempo Marta non aveva voluto fare: agire. Si precipitò nel centralino del quartiere e con il cuore in gola consegnò alla centralinista il numero da comporre. Si vergognò come una ladra e le sembrò che la ragazza dei telefoni la stesse guardando con aria curiosa e di rimprovero. Tuttavia compose il numero e dall'altro capo del filo ascoltò una voce dal tono molto deciso che esordì: "Pronto? Con chi parlo?". Marta non ebbe il coraggio di rispondere e mise giù la cornetta si disse: "Quanto sono sciocca!". La centralinista che non aveva capito la guardò con aria interrogativa. Marta allora le disse: " Non riuscivo a sentire nulla. Può ricomporre il numero?" La ragazza seccata obbedì. Questa volta era decisa a dire qualcosa. Si udì nuovamente un "Pronto? Pronto?". Ma anche quella volta a Marta le parole non uscirono dalla bocca e dall'altra parte si sentì solamente un "click". La telefonata s'interruppe. La ragazza era pentita di aver disturbato per ben due volte quell'uomo ma la sua timidezza l'aveva fatta da padrona attanagliandola nel silenzio. Si fece coraggio e promise a se stessa che avrebbe ritentato per l'ultima volta ma questa volta avrebbe risposto. Con mano tremante prese la cornetta, la centralinista, che ormai aveva forse capito la situazione le passò un'altra volta la comunicazione. Il telefono suonò e al secondo trillo si sentì una voce un tantino scocciata che con un tono quasi arrabbiato disse: "Pronto, con chi parlo?". Timidamente Marta con un filo di voce rispose: "Sono Marta, la ragazza che hai incontrato al cinema. Ti ricordi di me?". Dall'altra parte un'esclamazione compiaciuta "Certo che mi ricordo di te, come avrei potuto dimenticarmi. Finalmente! Io sono Francesco. Ne è passato di tempo! Sapessi quante volte ho desiderato che tu chiamassi. Ogni squillo è sempre stato una delusione perché non eri tu". La telefonata andò avanti per parecchio tempo, interrotta di tanto in tanto dall'arrivo di qualche dipendente che chiedeva una firma o informazioni o chiarimenti inerenti a pratiche d'ufficio. Lui tutte le volte si scusava chiedendole di non riattaccare ma invitandola ad attendere qualche minuto. In conclusione di telefonata lui le diede un appuntamento per l'indomani pomeriggio nel miglior caffè della città. A quest'invito la ragazza rispose subito di no, che non sarebbe stato possibile in quanto la gente avrebbe sicuramente parlato di lei vedendola in un bar e in compagnia di un uomo sposato. Continuò dicendo che non sarebbe stato opportuno nemmeno per lui, considerato che era un uomo sentimentalmente impegnato. Francesco senza porsi alcuno scrupolo le rispose: "Tesoro, se tu lo vorrai, io per amor tuo sono pronto a sfidare il mondo". Marta pensò che fosse uno scherzo e gli disse di essere serio e che non voleva essere presa in giro. Francesco con voce grave e ferma rispose: "Marta, io sono innamorato di te da quel giorno di fine agosto in cui ti ho vista in strada. Non conoscevo nemmeno il tuo nome, ma i tuoi occhi mi hanno parlato di te. Se tu accetterai di aver un vecchio nella tua vita, io ti darò tutto quello che tu desideri. Sarai la mia principessa, la regina dei miei sogni e della mia vita". La telefonata continuò finché in chiusura si diedero appuntamento all'indomani mattina nell'ufficio di Francesco.

CAPITOLO IV

Marta era emozionatissima. L'appuntamento che avrebbe avuto da lì a poco con Francesco esulava dalla sua routine quotidiana. Forse più che emozionata era nervosa e insicura. Non aveva avuto mai incontri con altri uomini all'infuori di quelli con il suo povero padre alla bottega o con i fratelli al mercato. Era sempre stata timida con i ragazzi della sua stessa età. Andrea era stato l'unico ragazzo di cui si era fidata. Ma era convinta che tutti gli altri fossero come il suo antico promesso sposo, arroganti e certi di dominare a loro piacimento la vita delle fidanzate prima e delle povere mogli poi. Francesco le era sembrato diverso. Quell'aria elegante e padrona di sé non le aveva dato l'impressione della superbia ma della sicurezza. Il suo sguardo l'aveva avvolta in un'aura di rispetto e di dolcezza. Le rughe, non di espressione ma di vita vissuta, le trasmettevano la fortissima sensazione di potersi fidare e abbandonare a questo amore. L'unico ostacolo per lei quasi insormontabile, era la presenza della moglie, una presenza ingombrante che arrivava a farla vergognare di se stessa e dei propri sentimenti.

Comunque inebriata dall'emozione di questo sogno, decise di prepararsi per l'appuntamento. Aprì il suo armadio, ma la scelta era molto limitata, pochi capi erano degni di essere indossati per un incontro così speciale. Nessun abito la entusiasmava. Provò, riprovò, finché decise di indossare un tailleur nero con camicia bianca, scarpe nere con tacco alto che rendevano la sua figura snella e aggraziata. Aprì a forza un cassetto di un vecchio mobile e rovistando tra mille cianfrusaglie trovò una vecchia spilla a forma di ragno, considerato un animale ben augurante, e la puntò sul revers della giacca. Iniziò a vestirsi con accuratezza come se stesse svolgendo un rituale religioso. Raccolse i capelli a crocchia fermandoli con due forcine. Si diede del profumo, il suo preferito alla lavanda e, finalmente, fu pronta per l'incontro. Era in notevole ritardo e scese frettolosamente le scale di casa per recarsi a prendere nella più vicina fermata il tram che l'avrebbe portata a destinazione. Aprì il portone e con infinita sorpresa si accorse che il passaggio era ostruito da una luccicante auto nera, quella che aveva visto mesi addietro fermarsi davanti all'ingresso del cinema. L'autista era in piedi difronte a lei nella sua impeccabile livrea, senza alzare lo sguardo le aprì la portiera e la invitò ad accomodarsi. I vetri oscurati dalle tendine non le permettevano di intravedere chi ci fosse all'interno dell'abitacolo. Ebbe un attimo di esitazione. Immediatamente una mano si protrasse verso di lei dall'interno dell'auto per aiutarla a salire. Il suo cuore cominciò a battere all'impazzata. Le mani si coprirono di perle di sudore nel momento in cui vide che c'era Francesco. Vinta l'emozione, salì senza pensare più a nulla. La sua mente era svuotata. Nessun pensiero, nessun rimorso, nessun dubbio. Quell'auto l'avrebbe portata verso un sentiero senza ritorno tracciato dal fato. L'autista prese posto, accese il motore e l'auto ripartì.

I primi istanti furono imbarazzanti per la ragazza. Francesco, consapevole e padrone della situazione, fece di tutto per farla sentire a suo agio. Iniziarono a parlare di argomenti banali ma lentamente le loro parole sprofondarono nella confidenza e nell'intimità. Marta capì subito che lui non voleva nasconderle nulla, neanche che era sposato con una nobildonna. Spontaneamente Francesco aveva cominciato a parlare dei suoi rapporti con la moglie, immaginando che la ragazza avesse bisogno di rassicurazioni da questo punto di vista. Le raccontò del matrimonio combinato ma all'insegna di un profondo rispetto reciproco. Le disse chiaramente che con il passare degli anni il rapporto tra lui e la moglie era diventato esclusivamente una convenzione sociale fatta di civile convivenza. Tra loro non c'era più amore e forse non c'era mai stato. Tutto quello che li legava era solamente un grande affetto.

L'auto fece parecchi chilometri, Marta e Francesco non si accorgevano di nulla perché erano intenti a raccontare e a raccontarsi. La macchina si fermò davanti a un grande cancello e l'autista scese. Due filari di alberi correvano lungo i lati del viale dove poi si apriva un parco che mostrava nella sua totale bellezza un'antica villa che era la casa di campagna di Francesco. Lei rimase incantata, solo nelle fiabe aveva potuto vedere un luogo simile. Scesero dall'automobile, lui galantemente le porse il braccio e così iniziò la lunga passeggiata in quel labirinto di piante secolari e di stretti sentieri che si intrecciavano l'un con l'altro. I loro volti allegri, lasciavano trapelare sorrisi e sguardi complici. Ad un certo momento senza nemmeno rendersene conto iniziarono a giocare come fanno i bambini al parco: lui la inseguiva, mentre lei cercava di sfuggire, finché si ritrovarono appoggiati ad un albero, stanchi e con il fiatone. I loro volti si avvicinarono, le labbra si unirono in un bacio ardente, più intenso e vero di quello visto al cinema. Furono travolti dall'impeto della passione a cui non seppero resistere. Marta si lasciò andare, ormai sospinta solo dalle emozioni. Mai come ora era convinta che stava facendo la cosa più giusta. Per la prima volta l'amore le era sembrato chiaro e luminoso. Il mondo intorno non esisteva più. Non esistevano le loro case, le loro storie, le convenzioni sociali, gli sguardi indagatori della gente, esistevano solo loro e il loro reciproco desiderio. Fecero l'amore all'ombra di una secolare quercia, il silenzio intorno alternato al canto degli uccelli, l'aria immobile e fresca erano il trionfo dei loro sensi.

Dopo quell'intenso momento di intimità, tenendosi per mano ripresero la passeggiata senza parole, ma dopo pochi passi, gli occhi di Marta si intristirono e un'ombra scura velò quella felicità. Francesco si accorse subito che qualcosa turbava la ragazza, la guardò con aria interrogativa e lei non trattenne le lacrime, tra i singhiozzi confidò le sue paure, non usando alcuna strategia o tattica d'amore, ma lasciandosi andare alla sua purezza d'animo. Gli disse che non sarebbe mai riuscita ad accettare il ruolo di amante, che per la sua semplice vita sarebbe stato un ruolo troppo pesante e impegnativo da gestire e sopportare. Sempre piangendo, spiegò che quest'amore la stava rendendo felice come mai, ma che non voleva scontrarsi con le chiacchiere e i pettegolezzi di conoscenti e amici.

Francesco la rassicurò, dicendole che se da questa conoscenza, con il passare del tempo fosse avvenuto una trasformazione e quindi il tutto sarebbe diventato amore, lui avrebbe lasciato l'attuale moglie per sposare lei. Per dimostrare la sua sincerità le diede la sua parola d'onore, lei volle rinnovare la fiducia che aveva riposto in lui, così ebbe inizio la loro lunga storia. Un rapporto fatto di sotterfugi di incontri nascosti, lui mentiva alla moglie accampando impegni di lavoro quando invece correva da lei appena poteva.

Questa situazione durò molto, con grandi sofferenze e difficoltà per Marta, finché un giorno la moglie di Francesco, insospettita dalle assenze del marito, cercò delle risposte ai suoi dubbi. Così, venne a conoscenza della relazione segreta, trasformando tutti i suoi sospetti in certezze.

La baronessa Alba, moglie devota del podestà Francesco Gian Maria, era una donnina di bassa statura, di corporatura esile, minuta, armoniosa e perfetta come una bambola di porcellana. I capelli biondi, erano sempre acconciati con cura e raccolti in un morbido chignon. La fronte era per metà nascosta da una frangia piena di onde, pazientemente increspate con il ferro rovente. Il lungo e sottile collo era sempre adornato da un prezioso filo di perle, dono di Francesco per il loro matrimonio. Con questo gesto l'audace marito, che da sempre non credeva alle superstizioni popolari, aveva voluto sfidare le dicerie che associavano le perle alle lacrime e alla malasorte. La baronessa amava vestire con semplice sobrietà ed eleganza, preferendo i colori del mare in tempesta, un misto di grigio e blu, questa semplicità esteriore era l'indizio di un carattere docile e remissivo. Non amava mettersi in mostra nonostante il suo ceto sociale, non le piaceva apparire ma viveva di luce riflessa all'ombra di quell'ingombrante marito. Il suo animo era gentile ma allo stesso tempo non esitava a mostrare decisione e fermezza. Gli occhi lasciavano trasparire una malcelata inquietudine; la sua vita sempre pacata, sempre organizzata e prevedibile, scorreva su binari per lei senza fermate d'emergenza e, ormai, senza sorprese. Non le era stato permesso dal fato o da qualche divinità di provare il sentimento materno e aveva cercato di colmare questo vuoto dedicandosi con amorevole affetto al consorte.

Quando la baronessa Alba scoprì l'inganno e la storia segreta del marito, per più di un anno abbandonò la calma e la pacatezza che le erano proprie e come una povera belva ferita reagì sfogando tutta la rabbia che aveva nascosta per tanto tempo nel suo esile corpo. Lucida e determinata intraprese una vera e propria guerra nei confronti della giovane amante, in cui vedeva la possibilità di una felicità a lei negata. All'inizio cercò di screditare la ragazza, di umiliarla tutte le volte che si incontravano, le rivolgeva senza ritegno sguardi minacciosi, riuscendo a guardarla dall'alto in basso anche dalla sua piccola statura e facendole pesare le sue umili origini. A volte infieriva a bassa voce contro di lei con frasi poco generose, come se recitasse qualche oscura e arcana formula magica. La giovinezza e la bellezza di Marta le avevano detto senza mezze misure che il suo tempo era passato che per lei non c'era stata la felicità che aveva riposto in un uomo inutilmente e che non era riuscita a farsi amare pur considerando l'amore come un miscuglio impalpabile di tenerezza e silenzio.

La situazione divenne davvero insostenibile, la baronessa si era trasformata in una iena assetata di sangue e Marta era una preda senza via di scampo. Francesco era stato costretto contemporaneamente dalle due donne all'ultimatum, doveva compiere la sua scelta, quello che entrambe le donne avevano sempre temuto, ossia la paura di essere abbandonate o di non essere riamate, si stava avverando. Per una delle due non ci sarebbe più stata speranza.

Questa fu una delle decisioni più difficili della vita che Francesco dovette prendere: da una parte la moglie rappresentava quel punto fermo di anni passati insieme, fatti di gesti rituali, ma non di amore e passione; dall'altra c'era Marta, giovane, bella e passionale che riempiva di allegria e gioia di vivere le sua grigie giornate di uomo avanti con l'età. L'amore per Marta non era solo mera vanità e illusione di una nuova giovinezza, anche Francesco in cuor suo aveva sempre percepito il pesante vuoto di una vita senza figli. Istintivamente aveva sentito che Marta, con tutta la sua vitalità ed energia, potesse essere l'ultima speranza per realizzare il desiderio di vedere una sua discendenza perpetrarsi su questa terra.

Lui per amore di Marta e per non perderla decise, allora, di affrontare le ire della moglie che si ostinava a tenere a sé il marito e, quindi, di abbandonare la baronessa per affrontare l'ignoto per l'ultima volta.

Una notte Francesco e Alba iniziarono a parlare del loro futuro, oramai stanchi di nascondersi dietro assurde bugie. La discussione si accese e presto degenerò, come era prevedibile, lei si chiuse completamente e non volle più ascoltare alcuna giustificazione del marito. Era molto stanca di anni di tacita sopportazione e del ruolo della moglie sconfitta e silenziosa. Lo invitò, quindi, con distacco e risolutezza a lasciare la villa immediatamente, usando parole fredde e taglienti, in preda alla rabbia e al risentimento. Gli disse che avrebbe inviato al nuovo indirizzo tutti i suoi effetti personali e tutto ciò che gli apparteneva. Per Francesco non fu facile abbandonare la casa dove aveva vissuto per più di quarant'anni. In quella casa c'era una vita, momenti felici e tristi, come in ogni famiglia ogni angolo era pieno di ricordi e di emozioni. Dal loro matrimonio non erano nati figli, nonostante ciò, per il loro affetto e per la loro idea di famiglia non erano stati indispensabili. Trovò la forza di chiudere quel pesante portone solo grazie alla speranza che riponeva in Marta e nel loro nuovo amore. Da quel momento, si preparò a vivere una nuova esistenza fatta di piccole scoperte quotidiane e assaporò sensazioni e sentimenti mai provati prima. Fu per lui come nascere una seconda volta.

I viali di villa Settembrina erano stati ricoperti da un tappeto di foglie dipinte dai più svariati colori. Le sfumature che andavano dal giallo all'arancione, dal viola al marrone accendevano il sentiero campestre di una luce morbida e calda. Gli alberi, invece, iniziavano a colorare di nero i loro fianchi, in attesa della stagione fredda e gli uccelli riempivano il cielo grigio con i loro voli, cercavano rifugio tra i rami spogli e quasi secchi. La grande tenuta di campagna della famiglia Gian Maria era un'antica magione usata da almeno un secolo per trovare gli ultimi momenti di riposo dopo la calura estiva e lentamente per riabituarsi ai ritmi invernali. Anche quell'anno, pieno di sconvolgimenti e di piccole rivoluzioni era giunto puntuale l'autunno, silenzioso e placido. Marta e Francesco si erano trasferiti definitivamente nella villa dopo la rottura del matrimonio, in quella casa che aveva visto, discreta e silente, l'esplosione della loro passione e del loro difficile e tormentato amore.

Chiusa in pareti dorate, in stanze che lei non aveva arredato, Marta guardava da dietro i vetri il cielo quel giorno particolarmente plumbeo, mentre le nuvole cariche di pioggia, nere e grigie, giocavano a rincorrersi. Folate di vento violente strappavano le foglie dagli alti platani senza alcuna pietà.

Era il mattino di un giorno speciale, il giorno del matrimonio di Marta. Lei, l'umile figlia del bottaio, finalmente avrebbe coronato il sogno d'amore sposando Francesco che sarebbe diventato l'uomo del suo futuro.

Nella villa si respirava aria di festa, un'atmosfera gioviale che contrastava con il cielo di piombo. Le cameriere, con le crestine inamidate, correvano avanti e indietro, andando su e giù per le scale. Ovunque c'era grande fermento. I fratellini di Marta, ormai adolescenti, creavano ancor più confusione rincorrendosi tra il giardino e i saloni, non si erano ancora integrati in quell'ambiente così diverso da quello in cui erano cresciuti. I domestici a fatica cercavano di arginare questa loro esuberanza che era simile ad un fiume in piena.

La piccola cappella della villa era uno sfavillio di luci, dato dall'infinità di candele che lentamente lasciavano gocciolare la calda cera. L'odore dell'incenso si diffondeva nell'aria e creava una nuvola di misticismo tutt'intorno. Marta con le sue più care amiche diede inizio alla sua vestizione. Annunziata era lì con lei, piena di felicità e ammirazione per il coraggio mostrato dalla sua amica nell'affrontare una situazione di tale difficoltà. Ma ammirava soprattutto la capacità di non essersi rassegnata e di aver continuato a sognare l'amore vero. Tutte le ragazze presenti si adoperavano per aiutare Marta, in una catena di forte solidarietà: chi le acconciava i capelli, chi le sistemava le sottogonne dell'abito, chi cercava di aggiustarle in testa il velo. Il momento che le tante volte aveva sognato finalmente era giunto e da lì a poco avrebbe indossato quel meraviglioso abito da sposa che era degno di una vera principessa. In stile bustier, con corpetto stretto per esaltare la femminilità e le sue forme, era stato cucito usando un tessuto pregiato ricamato a mano e illuminato da fili d'argento, la gonna ampia e plissettata era ricamata con perle e cristalli che la facevano risplendere di una luce lunare ed eterea, avvolgendola nella sua incantevole bellezza. Le amiche rimasero senza parole e scoppiarono in un pianto di commozione abbracciandola ed esclamando: "Quanto sei bella!".

Ma il pensiero di Marta volò, in quel momento sacro e irripetibile, ai suoi genitori che sicuramente la stavano guardando da lassù e sicuramente sarebbero stati orgogliosi di questa dolce brava figliola. Il suo papà e la sua mamma avevano fatto ogni tipo di sacrificio quand'erano in vita, cercando di far vivere la ragazza nel migliore dei modi. Anche se, nonostante i loro sforzi, la sua gioventù era stata costellata di numerosi problemi, ora i genitori sapevano che la loro amata figlia aveva raggiunto una certa felicità e che avrebbe saputo amare di più proprio perché aveva dovuto superare numerosi ostacoli, problemi economici e morali spesso eccessivamente pesanti per la sua giovane età. Le amiche lessero negli occhi della giovane sposa un filo di tristezza e malinconia. Per farle tornare il sorriso iniziarono a scherzare con lei e a poco a poco l'allegria tornò come per incanto, chiamata dalle risate argentine delle giovani.

Francesco l'attendeva ai piedi dell'altare, apparendo al suo cospetto più bello che mai, mostrava meno anni dei suoi indossando il tight. Marta preceduta dalle damigelle fece il suo ingresso strappando un lungo applauso a tutti gli invitati, stringeva tra le mani un piccolo bouquet di fiori dai tenui colori, ogni fiore era stato scelto per comunicare sentimenti ed emozioni, e tutta la composizione floreale aggiungeva un tocco di freschezza e di bellezza a questa giovane sposa.

La gente non rimase muta su quel matrimonio che aveva sconvolto la tranquillità apatica della piccola cittadina, per molti era un amore sfacciato dettato solo dall'interesse economico; per altri era la prova di una incontenibile passione da parte di un podestà che aveva perso la testa essendo avanti con gli anni. Le voci più forti definivano Marta una donna scaltra come una faina, una poco di buono senza scrupoli capace di rovinare una famiglia rispettabile. Ma nel coro animato c'erano anche voci moderate e quasi affettuose le quali vedevano i lati positivi della situazione. Per loro Marta si trasformava in una brava ragazza caparbia e tenace, i più erano felici perché forse il podestà ora avrebbe potuto avere un figlio. Tra tante parole, nessuna fu per la baronessa Alba, né di commiserazione né di accusa. Questi commenti serpeggiavano per le strade di Trapani, riempivano i vicoli e soprattutto i bar.

Quando il sacerdote, durante la funzione religiosa, pronunciò la fatidica frase: "Vi dichiaro marito e moglie, l'uomo non separi ciò che Dio unisce", Marta scoppiò a piangere. Francesco, ora suo marito, riuscì a consolarla con fare amorevole, quasi paterno. E da quel giorno trascorsero quarant'anni, e fu come lui le aveva promesso, la regina del suo cuore. Come tutti si erano augurati, da quell'unione nacque una splendida bambina che portò una nuova serenità nel cuore di entrambi. Francesco, finalmente, aveva appagato il suo sogno di paternità!

CAPITOLO V

Tornai con il pensiero al presente. A Marta che non c'era più e a tutte le emozioni che mi aveva lasciato. Queste fotografie erano per me l'anello di congiunzione tra la mia memoria e i suoi ricordi. Tra le mani una foto del palazzo dove aveva sempre vissuto la nonna fino al giorno in cui i suoi occhi si erano chiusi per sempre e la Signora Morte, con la sua falce affilata, come sterpaglia la strappò alla sua vita terrena. Mentre continuavo a sfogliare il vecchio album, scivolò leggera come il volo di una farfalla una foto, sbiadita dagli anni, e finì sul tappeto. Mi chinai, la raccolsi, rimasi colpita dall'immagine di una bambinetta dai riccioli biondi che correvano lungo la schiena, mentre era intenta a giocare con una donna dal regale portamento. Poco distante, davanti all'uscio di una casa dalle pareti in pietra a vista e con il tetto terrazzato, sventolavano le lenzuola su fili tenuti da lunghi bastoni. A rallegrare e a dare un'immaginaria macchia di colore, una pianta di glicine che nei lunghi anni si era inerpicata lungo tutta la facciata della casa e che, come natura voleva, cercava di entrarvi mentre emanava tutt'intorno un delicato ed insistente profumo. Una serie di immagini scomposte si sovrapposero l'una all'altra e la mia mente ritrovò, di suo, il ricordo di quella giornata. Come per incanto affiorò il ricordo di un passato che si mescolava ad una piacevole sensazione di appagante dolcezza. Il ricordo si insinuò silenzioso e mi coccolò, nascondendo un velo di malinconia per il tempo scivolato via... Era una bella e luminosa giornata di primavera, quando insieme a nonna Marta decidemmo di dedicarla a noi stesse e partimmo con l'auto guidata da Antonio, noto a tutti come N'toni, il fedele autista di famiglia. Ci dirigemmo alla volta di Menfi, dove immense distese di terra di proprietà della nonna venivano gestite dai "cabilloti", contadini mezzadri di sua fiducia. Lasciammo alle nostre spalle la città, una Trapani che si era appena svegliata alle prime luci dell'alba che aveva dipinto tutti i muri in pietra di color rosa e ricca di scintille dorate. Da lontano si sentiva il vociare sommesso dei pescatori mentre rientravano dalle loro battute di pesca. Le lampare, dopo aver illuminato per tutta la notte il mare di velluto blu, si erano spente cedendo il posto ai rosei raggi del sole. Tutte le strade del porto iniziavano a popolarsi, pronte ad accogliere il quotidiano mercato. L'auto, sfrecciando tra i vicoli, uscì dal perimetro urbano e, dopo aver percorso molti chilometri e attraversato numerosi paesini, finalmente all'orizzonte scorgemmo la campagna aperta che ci appariva come una coperta creata da diversi appezzamenti variegati di terreno. I campi erano multicolore, da una parte eravamo avvolte dal giallo oro del grano che dondolava al vento, dall'altra riempiva lo sguardo il verde intenso del fieno, dall'altra ancora, risaltava contro l'azzurro dell'orizzonte il marrone delle zolle appena arate. Scorgevo, guardando dal finestrino, le sagome dei contadini già intenti al loro lavoro.

Il silenzio era rotto dal cigolio dei ferri che sorreggevano le pesanti ruote dei carretti, dal motore greve dei trattori, dal vociare dei contadini che comunicavano da una vallata all'altra e dal cinguettio degli uccelli che si adoperavano a saltare di solco in solco saccheggiando i piccoli semi da poco piantati. Attirò la mia attenzione una figura che si stagliava all'orizzonte nera e allungata, solitaria, fissa e immobile con lo sguardo rivolto alle zolle. Sembrava un uomo solo, nessuno gli faceva compagnia, e rimaneva lì, immobile, baciato solamente dai raggi del sole. Da sotto un logorato e largo cappello venivano fuori dei fili di paglia che somigliavano a capelli. Indossava una giacca informe, un paio di pantaloni con pettorina rattoppata come il vestito di Arlecchino. Sorrisi guardando quell'omino così strano, così diverso da tutti, ma quando l'automobile si avvicinò mi resi ben conto che non era altro che uno spaventapasseri. Anche gli uccelli si facevano beffa di lui e indisturbati continuavano a beccare i semi e i piccoli vermi che trovavano nella terra.

Di tanto in tanto la corsa dell'auto doveva rallentare in quanto le "trazzere", tipiche stradine di campagna erano talmente strette che nell'incrociare i trattori carichi di balle di fieno e altri prodotti della terra non ci permettevano di passare contemporaneamente. Al suo passaggio l'automobile richiamava la curiosità degli abitanti del luogo. Interi nuclei familiari venivano fuori dall'uscio per guardar incuriositi chi stesse arrivando. Alcuni di loro presi dall'euforia della velocità e della novità che rappresentavamo con timidi cenni di mano ci salutavano.

L'auto si fermò e io subito sgaiattolai fuori dall'abitacolo come impazzita. Mi ricordo che saltavo sull'erba che sotto i miei piedi si piegava e bagnava le scarpe, feci mille capriole, ridevo, mi sentivo libera mentre i contadini mi guardavano compiaciuti insieme alla nonna. All'ombra di una secolare quercia numerose seggiole dal fondo impagliato ma dalle tremolanti gambe erano state portate fuori dalla casa per permettere a tutti i presenti di potersi sedere. Al centro del circolo era stata messa una grande poltrona dai cuscini realizzati con maestria per accogliere dignitosamente la nonna. I discorsi furono tanti, alcuni di affari, altri di vita, altri ancora di complimenti. Si era fatta l'ora di pranzo, allorché l'anziana della famiglia indossò il suo grembiule fatto con ritagli di vecchie camice da lavoro ed estrasse dalla credenza che si apriva a fatica una tovaglia subito adagiata sulla nuda tavola, sopra ai mobili vi erano tante fotografie di famiglia, figli, nuore, nipoti, mentre su di un tavolinetto vicino all'ingresso un vaso verde con venature di smalto dorato e pieno di fiori finti faceva bella mostra di sé.

La tavola era stata ben imbandita con una pagnotta di pane raffermo preparata molti giorni prima ma che emanava ancora un profumo che sollecitava l'acquolina, il salame a fette larghe era al centro della tavola, da un barattolo di vetro l'anziana massaia tirò fuori le verdi olive, mentre i fumanti spaghetti furono sistemati in ampi piatti di terracotta. Tutto odorava di pomodoro, aglio soffritto e basilico. Fuori, nell'aia, una catasta di legna ardeva scoppiettando, il falò piano piano si tramutava in cenere, sopra ai tizzoni che si consumavano fu adagiata una pentola in alluminio piena d'acqua dentro alla quale vennero gettati dei sassi e grossi pezzi di carne d'agnello. Solo più tardi mi venne spiegato che i sassi bollendo rilasciavano minerali che avrebbero intenerito e insaporito la carne.

L'anziano del gruppo, il nonno, fonte di sapienza, stava lì in religioso silenzio, seduto su una piccola sedia in saggina usurata, guardava tutti mentre sul lato destro della bocca ciancicava un grosso sigaro. Ad un certo momento accompagnandosi con il suo bastone si avvicinò al fuoco e con fare lesto poggiò dell'aglio con tutta la pellicola di rivestimento, con maestria e senza bruciarsi, usando un lungo forchettone, lo girava e rigirava. La capocchia a contatto con il fuoco si apriva lentamente come un fiore a primavera.

Al richiamo dell'anziana donna, allegramente, si andò tutti a tavola. Ma, io non ero molto interessata al cibo, così dopo poco mi fu permesso di alzarmi per continuare i miei giochi.

Da uno stretto sentiero che dalla valle si inerpicava fino al più vicino monte si udiva un rumore ovattato di campanelli, non capivo cosa fosse quel dolce scampanellio che si andava avvicinando, finché non sentii distintamente anche il belare delle pecore che tornavano a valle per trascorrere la notte negli ovili. Era come un bianco fiume che ondeggiava tra verdi sponde, le pecore erano seguite e affiancate dai cani pastori che con il loro abbaiare orientavano il cammino del gregge, correndo avanti e indietro lo indirizzavano lungo il sentiero mentre il pastore, con passo lento e cadenzato, reggeva una lunga verga e come un direttore d'orchestra dirigeva questo concerto. Adagiato su un avambraccio portava un agnellino appena nato. Felice e quasi incredula corsi incontro al gregge, non fui travolta da questa massa di lana biancastra perché le pecore si spostavano al mio passaggio. Il pastore, mi salutò carezzandomi i biondi riccioli e poggiò tra le mie braccia l'agnellino, era caldo e morbido, il cuore gli batteva forte quasi a voler uscire dal petto, forse aveva tanta paura, e la calda lana era ancora umida di parto. Belava senza sosta e sentii ad un certo momento un calore strusciarmi sulle gambe morbidamente, era una delle pecore che staccandosi dal gregge col suo sguardo quasi implorante iniziò anch'essa a belare. Era la madre che voleva il suo piccolo, appoggiai il piccolo agnellino delicatamente sull'erba mentre la sua mamma lo spingeva, lo leccava e cercava di insegnargli a star ritto sulle zampe. Il piccolo in breve tempo si alzò in piedi e la madre iniziò ad allattarlo. Entrambi erano felici, ignari del destino che da lì a poco si sarebbe consumato.

Davanti all'uscio della casa numerose galline beccavano i grani mentre i pulcini pigolando svolazzavano come morbidi gomitoli. Da lontano vidi sopraggiungere un'anatra seguita dai suoi anatroccoli che con dignità e sobrio portamento, una dietro l'altra, si tuffavano nelle verdi acque di un piccolo stagno e sembravano tanti giocattoli a corda con le zampette che si muovevano a ritmo sincronizzato. Era uno spettacolo della natura vedere tutto ciò che si verificava in quel contesto di pace e tranquillità.

Purtroppo come tutte le cose belle della vita, anche quella giornata volse al termine. Dopo tanto giocare, saltare e ridere, giunse l'ora di andare a casa. La nonna si congedò dalla famiglia con abbracci e sinceri sorrisi. Dopo aver ringraziato tutti, salimmo sull'automobile, pronte al lungo viaggio di ritorno. Sul sedile posteriore appoggiata alle ginocchia e rivolta all'indietro, continuavo ad agitare la mano in segno di saluto. Dopo pochi minuti e poca strada, crollai in un sonno profondo cullata dal dondolio dell'auto tra le braccia della nonna.

Sono convinta che la vita e il tempo, suo fedele alleato, c'insegnano ad abituarci alla scomparsa delle persone che abbiamo tanto amato e ad affrontare con silenzioso coraggio il dolore incommensurabile della perdita, aiutandoci con una scusa anche non plausibile alla sopravvivenza... Così, il ricordo di Marta era sempre presente nella mia vita, ma il tempo lo aveva reso sicuramente meno struggente.

Da quando il palazzo era stato messo in vendita numerose persone erano venute a visitarlo, chi per interesse all'acquisto, chi per pura curiosità. Tutte le volte che si presentava un nuovo acquirente entravo in conflitto con me stessa, dovevo combattere tra la necessità che sentivo di liberarmi del mio passato, vendendo i muri che mi avevano vista crescere tra gioia e dolore. Allo stesso tempo ero terrorizzata dalla paura di perdere quel passato, quell'identità chiusa nel palazzo, ma vivere in quella casa senza la nonna non mi rappresentava più. Mi rendevo conto che sarei diventata prigioniera di un ruolo che non mi apparteneva, giravo come una sonnambula nella penombra delle stanze, cariche di oggetti e di ricordi. Stanze piene di statue, di argenti, di quadri di santi e martiri con lo sguardo rivolto a Dio in segno di preghiera. Nel palazzo, il sacro si mescolava al profano, proprio come nella vita della nonna. Il timore di Dio lasciava spazio alla civetteria, alla vanità e allo sfarzo. Ogni stanza rappresentava uno stato d'animo, un'emozione, in ogni angolo sentivo l'eco di parole, di frasi e di risate. Risentivo le raccomandazioni della nonna, i suoi rimproveri, i racconti delle sue storie.

Un pomeriggio d'inverno sentii suonare il campanello. Non aspettavo alcuna visita. Si presentò al mio cospetto un uomo molto elegante e particolarmente attento al galateo che mi offrì un bellissimo fascio di rose e si presentò con un cortese baciamano. Capii subito che poteva essere un probabile acquirente. Anche se galante, l'uomo sembrava molto freddo e alquanto sbrigativo. Mi spiegò prima il motivo della visita poi mi disse il suo nome. Aveva fretta di concludere le trattative e infatti disse: "Sarei molto interessato all'acquisto del palazzo, signora. Mi presento: mi chiamo Manfredi Martinez, per il prezzo ho già parlato con l'intermediario, credo sia necessario solo recarsi presso il notaio per gli atti conclusivi".

Rimasi senza parole, balbettai un invito ad entrare e lui accettò. "Mi sono innamorato di questo palazzo, delle sue rifiniture e della ricca architettura" aggiunse e proseguì, "da subito mi ha affascinato quella meravigliosa fontana al centro della veranda interna, mi sono immaginato pomeriggi interi da passare al suono dell'acqua zampillante della fontana".

La fontana, era uno dei pezzi più antichi e imponenti del palazzo, fatta di marmo bianco di Carrara. Riluceva. Due giganteschi tritoni, uno difronte all'altro, adagiati su un fianco si guardavano e dalla loro bocca uscivano allegri zampilli d'acqua. Le due possenti statue erano sormontate da una enorme conchiglia piena d'acqua al cui interno crescevano splendide piante. La vasca più grande, delimitata dai tritoni, era stata riempita di rocce marine che davano rifugio a piccoli banchi di pesciolini rossi. Questa fontana era collocata all'interno di una grande e luminosa veranda che aveva vetrate mobili e scorrevoli anche sul soffitto. Nelle notti d'estate con la nonna solitamente ci sedevamo lì e a soffitto aperto godevamo dello spettacolo dell'universo. Rimanevamo sedute per ore intere non solo ridendo e scherzando, ma anche confidandoci segreti e paure, sicure che le stelle avrebbero mantenuto il segreto. Sotto quei cieli d'estate mi sentivo protetta, come da una morbida coperta trapunta di stelle.

Tornai al mio ospite. "La fontana è uno dei pezzi più suggestivi della casa" dissi, "anche la proprietaria, mia nonna, la amava e la curava personalmente con infinito amore e dedizione". Continuai: "Si accomodi e beviamo insieme un caffè. Per me è strano vendere il palazzo e non vorrei che fosse solo merce di scambio. È stata una casa molto importante ed è decisivo, per me, sapere chi vivrà da oggi in avanti tra queste mura. So bene che una volta venduta questa casa non mi apparterrà più, so anche che nel mio cuore resterà per sempre la mia casa, lei è la carta della mia memoria e del mio passato".

Manfredi capì all'istante la malinconia e la tristezza chiuse nelle mie parole. Per nulla sorpreso disse: "Lei sarà sempre la benvenuta in questa casa, anche se desidero il palazzo, non voglio cancellarle il suo passato. L'ho amato subito per l'atmosfera che sua nonna ha saputo creare tra queste mura. Non cancellerò le vostre tracce, ma imparerò a conviverci e a farle mie. Le assicuro che avrò tutto il rispetto e la cura verso questa casa che considero un'eredità preziosa".

Nella mente prendevano vita come una girandola tutti i ricordi sia quelli belli che quelli meno belli, quasi a spintonarsi, ma tutti erano importanti per me.

Volevo iniziare a lavorare, cosa che non avevo mai fatto. Purtroppo mi rendevo conto che non sapevo far nulla. Le mie condizioni economiche mi avevano sempre tenuta lontana dal mondo del lavoro, ma a questo punto della mia vita non volevo più sentirmi una cosiddetta "giovane bene". Volevo confondermi con gli altri, anzi volevo mescolarmi tra la povera gente, lavorare come fanno loro con sacrificio e patimento pur di raggranellare qualche lira per sopravvivere.

Partii portando con me solamente poche valigie che contenevano i miei effetti personali mentre i mobili e tutto ciò che mi apparteneva, essendo eccessivamente ricco di ricordi, lo donai in beneficenza. Non tenni nulla. Anche i soldi che avevo ricevuto dalla vendita del palazzo li diedi in donazione. Pensai di ricominciare la mia vita partendo da quel momento. Volevo nascere una seconda volta, come era rinato il nonno Francesco. Volevo avere una seconda possibilità e conoscere altre vite e altre realtà, sicuramente per me difficili ma non impossibili.

Decisi di prendere il primo treno per una qualsiasi destinazione alla ricerca di un lavoro che mi avrebbe assicurato da vivere. Forse era giunto il momento di affrontare i grandi sacrifici della vita e con nuove prospettive, forse, avrei potuto provare anche la gioia della maternità.

CAPITOLO VI

Ormai la decisione era stata presa. Avevo riposto nelle valigie quel poco che desideravo portare con me. Mi tirai dietro le spalle il portone di quella che era stata la mia casa. Il tonfo deciso e secco della chiusura risuonò nel mio cuore come un triste addio. Dopo un ultimo sguardo veloce, ma pieno d'amore ai balconi, la mente, fu invasa da una carrellata di personaggi, di fatti, di storie, di dolori, di piaceri, che si avvicendavano uno dopo l'altro per portare alla memoria brevi spezzoni della mia vita. Salutai la strada che mi aveva visto nascere ed essere felice. Dal marciapiede mi soffermai a guardare, come non avevo mai fatto, con serietà e una giusta dose di distacco il "Palazzo del Mutilato", un'opera che ancora, dopo tanti anni, trasudava di fascismo. Quella vecchia struttura era stata il ritrovo di uomini che per disgrazie belliche avevano subito la mutilazione di qualche arto e sicuramente di una parte della loro vita. Questi individui spesso visti come "diversi", all'interno del palazzo ed insieme agli altri sentivano di nuovo di appartenere ad un gruppo e di essere uguali. L'edificio, un grande parallelepipedo di marmo bianco, forato da enormi finestre rettangolari, era rivestito da colonne e aveva la facciata sormontata da una imponente scritta e dal classico fascio littorio.

Dal triste cinguettio degli uccelli, che si rifocillavano puntualmente con grani di miglio, sentivo che avevano capito il mio imminente abbandono. Non volavano, né cinguettavano, erano lì immobili, appollaiati sui fili della luce e, come tanti soldati, sembrava che attendessero il mio addio.

In stazione fui assalita da mille perplessità e da un senso di panico che mi bloccava le gambe. Davanti alle rotaie del treno realizzai effettivamente cosa stava accadendo e presi coscienza della mia grande rivoluzione esistenziale. Dove sarei andata a vivere? Come sarebbe stata da quel momento in poi la mia vita? Cosa mi avrebbe riservato il destino? Stavo facendo la cosa giusta oppure sarei dovuta tornare indietro? Dubbi, incertezze, perplessità.

Intravidi un treno fermo sulle rotaie che sbuffava il fumo nero, disperdendolo nell'aria. Mi avvicinai e lessi sul pannello di legno attaccato alla locomotiva il nome della destinazione. A caratteri cubitali c'era scritto "Vigevano". Rimasi immobile davanti a quella scritta, cercando di trovare immagini da associare a quella località, ma in me c'era solo il vuoto. Ferma, immobile, in preda al panico e alle incertezze, tentennai a salire. Molta gente era già affacciata ai finestrini dei vagoni e salutava parenti e amici, sventolando bianchi fazzoletti. Non sapevo cosa fare, sembravo una sonnambula. Non potevo fare a meno di guardare le tante madri che stavano salutando le loro figliole, pronte a partire per recarsi nelle risaie. Il duro lavoro lontano dalla loro terra attendeva queste giovani donne, come promessa di un futuro migliore. Le guardai in faccia una ad una. Erano giovanissime, molte di loro sembravano appena quattordicenni.

Ascoltavo, silenziosa e curiosa, le ultime raccomandazioni dei genitori. Ripetevano come una preghiera il loro: "Ciao, bimba mia. A presto. Ti voglio bene". Mi guardai intorno e mi resi conto che ero completamente sola, non c'era nessuno a darmi un saluto. Osservavo gli addii a me familiari. Sentii una voce pronunciare il mio nome, mi girai di scatto, non vidi nessuno, e sempre più forte si fece l'eco della mia solitudine. Desiderai allora più che mai scappare via, presi coraggio e con la determinazione di chi oramai non ha più scelta e ha giocato tutto, salii sul treno. A fatica sistemai la mia valigia tra le tante. Mi accorsi che la maggior parte di esse erano di legno. Non ne capii immediatamente il perché. Solo più tardi seppi che le mondine partivano con le valigie lignee da impiegare in mille modi come piccola panca da carro oppure come comodino. Cercai con lo sguardo un posto dove sedermi, ogni sedile era già occupato. Allora attraversai la carrozza finché non vidi una bambinetta di appena tredici anni che piangeva disperatamente. Mi colpì al cuore quella piccola figura indifesa e mi sedetti accanto a lei. La guardai con sguardo amorevole mentre i suoi occhioni blu saturi di lacrime incontrarono i miei. In me si scatenò un forte istinto materno, quasi di protezione. Cercai di consolarla, senza far domande finché si lasciò andare e mi raccontò che si stava recando in risaia e che dall'indomani sarebbe iniziata una nuova vita. Mentre parlava e mi raccontava, pensai che forse avrei potuto svolgere anch'io quel lavoro e che nel frattempo avrei potuto fare da madre a questa ragazza. L'idea di aver trovato una persona di cui prendermi cura e la prospettiva di una lavoro mi rincuorarono. Chiesi alla piccola il suo nome e lei con voce rotta dalle lacrime rispose: "Mi chiamo Sara e vengo da Paceco". Sara era una ragazza magrina, alta, aggraziata, con un visetto tondo in cui risplendevano come stelle i suoi grandi occhioni. La bocca dalle rosse labbra era piccola e sottile. Il labbro superiore lasciava un po' scoperti gli incisivi. L'avorio antico della sua pelle diafana e il nero brillante dei suoi capelli facevano di lei un'immagine quasi eterea. "E tu come ti chiami?", chiese lei senza più timore. "Amaranta", risposi. Il mio nome mi risuonò nelle orecchie come una seconda rinascita. Mi resi conto che era tutto ciò che rimaneva del mio passato. Gli occhi di Sara sorrisero e si illuminarono. Si asciugò le lacrime con i polpastrelli delle dita e mi strinse la mano felice ed emozionata. Le ore passavano e noi due ci raccontammo tutta la nostra vita per ingannare il tempo. Le confessai che mi sarebbe piaciuto andare nello stesso luogo dove lei si stava recando, ma nutrivo seri dubbi che il suo datore di lavoro potesse assumere anche me.

Sara, sentendosi utile, forse per la prima volta in vita sua, e padrona della situazione, mi rassicurò. Mi raccontò che il signor Magnani, proprietario della risaia, era un vecchio conoscente dei suoi genitori. Sua madre, sua sorella e tante cugine avevano passato infatti intere stagioni proprio alle dipendenze del Magnani. Sapeva che la ricerca delle mondine non finiva mai, c'era sempre e continuamente bisogno di ragazze. Con ingenua spavalderia mi disse anche che avrebbe messo una buona parola per me, non appena saremmo arrivate a Vigevano.

Mentre il treno correva senza soste, cominciammo a sentire i morsi della fame tra una chiacchiera e l'altra. Sara, emozionata dalla nostra nuova amicizia, dopo aver estratto dalla pesante valigia di legno un pezzo di stoffa a quadretti rossi, lo aprì con gioia. Vidi un pezzo di pane raffermo e mezza forma di formaggio di capra che le aveva dato la mamma. Generosamente spezzò il pane e il formaggio e me ne offrì la metà.

All'inizio rifiutai non volendo togliere il cibo alla giovane ragazza, ma lei insistette talmente tanto che mi costrinse ad accettare.

Il viaggio lungo e stancante sembrava non finire mai. Sara si addormentò. Io la guardai e notai che il suo sonno era agitato, cercai di distrarmi guardando fuori dal finestrino. Guardavo, riguardavo la natura, la perfezione ed anche i suoi misteri. Piccoli e grandi corsi d'acqua si aprivano a raggiera come le vene del nostro corpo, mentre lunghe file di alberi sfilavano davanti ai miei occhi e come tanti bambini si rincorrevano. Mi piaceva pensare che anche gli alberi avessero voglia di giocare, facendo finta di rincorrere il treno.

Mi accorsi che stavamo entrando nel territorio del settentrione, soprattutto perché le terre diventavano piatte e i corsi d'acqua raddoppiavano. Queste suggestive grandi riserve idriche del territorio pavese facevano sì che i terreni fossero particolarmente coltivabili e che la terra diventasse morbida e variamente colorata. Il sole, che non ci aveva mai abbandonate, faceva risplendere i tetti delle case dei piccoli paesetti attraversati dalla ferrovia. Ad ogni fermata del treno osservavo anche la gente che frettolosamente andava verso le proprie abitazioni, a fare la spesa, oppure intenta a riportare a casa il bestiame.

Ecco, finalmente, dopo lunghissime ore di viaggio, la prima stazione di arrivo. Il treno si fermò, noi scendemmo e aspettammo l'arrivo della coincidenza, un treno più piccolo che ci avrebbe portate a destinazione.

Mi guardai intorno, in questa piccola stazione, persa nelle pianure e nell'afosa umidità dell'estate. Ero incuriosita dal vociare sommesso e continuo, intorno a me tante ragazze, tutte mondine, ammassate e stropicciate dal viaggio in attesa di prendere altri treni che avrebbero portato ciascuna nei luoghi di destinazione. Il treno sul quale dovevamo salire Sara ed io era già pronto per partire. Non era un treno come tanti, infatti venivamo caricate su vagoni bestiame e finalmente capii l'uso della valigia di legno che sarebbe servita da sedile. Vedevo alcune giovani fanciulle scaricate in stazione mentre scendevano dai camion per unirsi a noi. Prima di salire sul treno ci venne consegnato un sacchetto contenente un panino raffermo, una crema per le gambe di colore bianco che ci avrebbe dovuto salvare dai morsi delle zanzare, avide di sangue e anche da altri insetti che vivevano solitamente dentro le risaie.

Il treno iniziò la sua corsa mentre noi pigiate come bestie facevamo fatica persino ad allungare leggermente un braccio. I vagoni erano sporchi e la puzza era la nostra compagna di viaggio. Fu duro e faticosissimo, i bisogni fisici durante il viaggio non potevano attendere, ma l'unico modo possibile era quello di tenersi con le mani ben salde ad una sbarra mentre il sedere fuori dalla porta del vagone espletava il bisogno.

Cercai, nonostante il malessere fisico e psicologico, di fare violenza su me stessa accettando questa nuova situazione. Solamente il panorama della campagna mi regalava serenità e quiete. Le ore sembravano non passare mai. Da molto lontano vedevo la bellezza del Ticino e la maestosità del Po. Solamente loro riuscivano a distrarre la mia mente da pensieri angosciosi. Le acque erano pure, limpide, ma cambiavano spesso aspetto, trasformandosi anche in minacciosi fiumi gonfi e impetuosi nel periodo delle piene. Lungo le sponde vidi sfilare varie tipologie di alberi; riconobbi l'ontano, dalla nera corteccia e dal rosso legno e anche il salice bianco dalla fitta chioma argentata mentre sul greto del fiume gli aironi andavano avanti e indietro con la grazia che li contraddistingue.

Durante il viaggio, mi resi ben conto che queste donne provenivano da famiglie contadine e avevano sempre partecipato alle attività agricole. Avevano braccia possenti e robuste, le mani erano piene dei segni della fatica, di calli e bozze artritiche. Solo Sara mi sembrava si distinguesse da tutte quelle ragazze, nel portamento, ma soprattutto nel modo di parlare, pieno di discrezione e delicatezza.

Mentre osservavo il mondo in cui mi trovavo avvertii una brusca frenata e il treno si fermò. Mi affacciai dal finestrino piena di curiosità e vidi che avevamo fatto sosta in una stazione molto piccola. Intorno tutto era deserto, solo un cane solitario camminava ciondolando a testa bassa lungo la banchina a filo della strada ferrata, negli occhi lucidi di quel randagio lessi il dissenso e il rifiuto di un padrone. Anche lui senza un futuro, solo come me.

Sentii il nitrire di alcuni cavalli, guardai meglio e li vidi all'uscita della stazione, tutti in fila legati ai carretti con i loro paraocchi, fermi sul ciglio della strada masticavano e rimasticavano, senza mai alzare lo sguardo, pescando la biada dalla cesta che tenevano davanti alla loro bocca.

Scendemmo dal treno per salire su quei carretti che ci avrebbero portato verso le risaie e le fattorie. D'un tratto, tutto intorno si riempì di un assordante rumore di bastoni e legni battuti gli uni contro gli altri. Erano le cassette delle ragazze che venivano accatastate sul piazzale in attesa di salire sui carri. Io e Sara non ci separammo neanche per un minuto, convinte ormai che avremmo dovuto affrontare questo viaggio e le sue difficoltà insieme. Senza ombra di dubbio salimmo sullo stesso carro. Lei cercò di condividere con me la sua valigia che aveva sistemato a mo' di sedile. Rifiutai categoricamente, con le poche energie che mi erano rimaste. Non volevo che anche lei si trovasse in difficoltà a causa mia. Non era ancora iniziata la nuova vita ma già avevo capito che ognuno avrebbe dovuto contare solo sulle proprie forze e lottare contro il destino da solo. Poco avevamo avuto e quel poco doveva bastare a ciascuno di noi. La piccola Sara era già stata duramente messa alla prova dalla separazione dalla sua famiglia e non sarebbe stato giusto dover provvedere anche ai miei bisogni. Era coraggiosa anche se ancora, dopo ore di viaggio, di tanto in tanto, con infinita dignità cercava di asciugarsi le lacrime. Intorno le altre ragazze facevano finta di nulla, ma in fondo al loro cuore ognuna conosceva la stessa tristezza di Sara.

Le ruote di legno dei carri mentre andavano per gli stretti sentieri sollevavano nuvole di polvere, tanto da imbiancare sia i nostri vestiti quanto i nostri polmoni: tossi stizzose e infiniti starnuti accompagnavano il nostro procedere. Molto spesso si incontravano dislivelli o sassi ed allora erano continui sobbalzi e salti improvvisi, i nostri corpi e le nostre schiene erano oramai diventati insensibili al dolore e ai colpi contro le sponde del carretto. Non avevamo più con noi una goccia d'acqua, il sole picchiava inesorabilmente sul nostro viso e sulle nostre teste. Le poche ragazze che erano riuscite a conservare l'acqua, si rinfrescavano dall'arsura e quando aprivano le borracce tutte quante eravamo lì a guardare con sguardo quasi di implorazione, ma nessuna si lasciava intenerire. Bisognava contare solo sulle proprie risorse. Stremate, prive di forze chiedemmo al cocchiere di fermarsi alla prima fontana-abbeveratoio affinché potessimo attaccare le labbra al cannello. L'uomo severo che era alla guida del carro accettò la nostra proposta, anche se a malincuore. Anche poco ritardo dalla tabella di marcia gli avrebbe causato una lunga discussione con il padrone e forse anche una severa punizione. Il carretto a fatica si aprì un varco tra la vegetazione che al sole risplendeva di verde, ossido, giallo e ocra, finché da lontano scorgemmo un abbeveratoio. Prima che il carretto si fermasse alcune di noi si catapultarono giù di corsa come se avessero visto un miraggio. Corremmo a perdifiato verso le chiare, fredde e limpide acque. A turno cercavamo di attaccarci al cannello gorgogliante, ma molte di noi si erano tuffate anche nella vasca di pietra. Anche io tentai di rinfrescarmi mettendo i piedi a bagno ma, prontamente Sara mi prese per un braccio e mi strattonò indietro: "Ferma!" gridò, "le vasche qui sono piene di sanguisughe… non mettere nemmeno un'unghia lì dentro se non vuoi soffrire di febbri atroci…". Spaventata, cercai di guardare all'interno della vasca. Era vero! Attraverso le limpide acque si scorgevano vermicelli carnosi attaccati alle pareti di pietra tra ciuffi muschiosi… ancora una volta la praticità e l'esperienza di quella giovane ragazza mi avevano salvata dalle difficoltà e dalla mia inesperienza. Mi attaccai ancora al cannello e dopo aver bevuto a più non posso cominciammo a giocare, come due bambine. Ci tirammo l'acqua e ci bagnammo capelli e vestiti. Il momento di scherzo durò poco, appena il severo cocchiere udì le risate e gli schiamazzi ingenui, ci richiamò e ci ordinò di riprendere posto nel carro. Mentre mi allontanavo dalla fontana, con la coda dell'occhio vidi Maria, una delle compagne di viaggio, rimanersene ferma e immobile, seduta sul ciglio della fontana. La guardai meglio e lessi nei suoi occhi che non voleva più proseguire. Nella sua completa assenza sembrava non voler sentire i richiami perentori del carrettiere. Il suo volto diceva chiaramente che lei voleva rimanere seduta lì, su di un sasso, con lo sguardo assente, avrebbe voluto forse essere dimenticata come un pacco in un angolo, senza più fastidi e ordini.

Immediatamente ci rendemmo conto che non stava bene, che forse il sole e la fatica l'avevano messa troppo alla prova. Proprio in quel momento di tensione e di difficoltà sperimentai quanto può essere importante la collaborazione e l'aiuto reciproco e capii quanto poco lontano si possa andare contando solo sulle proprie forze. Chiamammo Maria a squarciagola, ripetemmo dieci o venti volte il suo nome, cercavamo di incitarla a risalire perché da lì a pochi istanti il carro si sarebbe messo in movimento. In un primo momento sembrava che le nostre incitazioni non servissero a nulla. Il carro partì e noi continuavamo a urlare "Maria, sbrigati a salire, è l'ultima possibilità!".

Lei ad un tratto parve svegliarsi da quel torpore che le aveva bloccato il corpo e la mente, allora iniziò a correre per raggiungerci. Chiedemmo con agitazione al carrettiere di fermarsi, ma lui non voleva sentir ragione. Aveva osservato tutta la scena senza muovere un dito, accennando un sorriso meschino sotto la folta barba. I suoi occhi brillavano di una luce sinistra e di vendetta. Desiderava forse punirla continuando ad incitare i cavalli affinché corressero più velocemente. Quella povera disgraziata, come eravamo disgraziate tutte noi, cercava di raggiungere il carro con tutte le sue forze, cercò di aggrapparsi alla sponda ma nonostante noi le tendessimo le nostre mani non riusciva a tenere salda la presa. Urlava, implorava il carrettiere di fermarsi, di aspettarla. Vedevo nei suoi occhi la paura e il tremendo senso di colpa per essersi fermata un solo istante, per essersi permessa una leggera pausa, per essersi sentita male. Certo, ora era terrorizzata dalla sola ipotesi di perdere il lavoro, più che dall'idea di rimanere sola in quella regione sconosciuta e straniera. In un attimo nei suoi pensieri balzarono le immagini dei genitori anziani che avevano speso tutti i loro risparmi per mandarla a lavorare, i fratelli che contavano su questo nuovo mestiere e le cognate che aspettavano di poter partire come lei per dare una speranza alle loro povere famiglie. Fui presa, allora, da una rabbia primordiale che può risvegliare solo il sopruso e mi fiondai con tutta l'energia che mi rimaneva in corpo verso quell'omaccione burbero, il vendicatore e il falso giustiziere, lo strattonai e cercai di afferrare le briglie del cavallo strappandole dalle sue mani e mentre lui inveiva contro me, presi il comando del carro. Pur non avendo nessuna esperienza di guida, riuscii a fermare quell'assurda e impietosa corsa. La giovane donna ansimante di stanchezza, fece fatica a salire, ma tutte quante le compagne le diedero una mano caricandola su. Lei con un filo di voce e madida di sudore ringraziava tutte, ancora con gli occhi pieni di tensione. La più anziana tra di noi aveva conservato una sorsata d'acqua e con un gesto di altruismo ne fece dono alla poveretta. Fu un regalo prezioso come un diamante.

Fuori intanto esplodeva lo spettacolo del tramonto, il giallo delle pannocchie si mescolava al bruno della terra e l'arancione pallido dei raggi del sole illuminava il verde dei cristalli delle risaie come fossero create da un alchimista. Sterminati rettangoli d'acqua si presentavano ai nostri occhi, solcati da minuscoli sentieri di terreno. Ci stavamo avvicinando sempre più alla cascina dove avrei vissuto la mia prima esperienza lavorativa. Si faceva sempre più nitida davanti a me.

CAPITOLO VII

La mia curiosità era destata dal lento e ripetuto passaggio delle mandrie che affondavano le zampe nel terreno melmoso delle risaie. Tutto il paesaggio era come una superba scenografia pittorica. Quando guardavo la natura, in tutta la sua ricchezza, sentivo che la luce mi baciava, che l'aria mi accarezzava il viso e, come in un dolce respiro, il signore del vento scompigliava i miei capelli e sollevava un'armonia cromatica e aromatica fino a giungere alle narici. Mentre ci avvicinavamo all'orizzonte si delineavano i quadrati delle risaie divisi da argini che servivano a contenere l'acqua. L'immensa distesa sembrava una scacchiera ordinata che aspettava le pedine da gioco, noi. Vedevamo un continuo volare di uccelli migratori che si fermavano sugli alti pioppi per nidificare e per deporre le uova, attendendo poi la nascita dei loro piccoli. L'ambiente era bello e suggestivo, pieno di malinconia e velata tristezza. Vecchie querce e ontani neri facevano da corona a quest'infinito territorio. Eravamo stanche e stremate. Strideva con l'armonia visiva solo un orrendo puzzo che esalavano le acque melmose. La nostra schiena era a pezzi. In quel momento di profonda spossatezza e di stanchezza, stremata mi ricordo che, presa dalla disperazione, pregai Dio di farmi raggiungere la nonna, sapevo bene che quando il mio corpo veniva messo a dura prova anche la mia mente non riusciva più ad avere la lucidità.

Accucciata nell'angolo più recondito del carro non avevo il coraggio di guardare nemmeno Sara che al contrario teneva la testa alta e uno sguardo pieno di fierezza e dignità. Me la prendevo con me stessa. Non finivo più di darmi della sciocca e della poco assennata, mi sentivo la solita bambina viziata che aveva voluto opporsi agli eventi e al destino con un gesto iroso e sconsiderato. Mai, come in quel momento, desiderai avere ancora la mia casa, la fontana e le ariose stanze. La vita dura mi stava punendo perché avevo voluto sfidarla solo per curiosità, per rabbia, per sfidare i miei limiti. La mia nascita, la mia famiglia erano i miei limiti più grandi. Un passato che non mi aveva dato la forza della rinuncia e del sacrificio. Un passato che mi aveva convinta di essere al centro di un universo fittizio e apparente, mai come su quel carro mi sentii fuori contesto e sradicata. Avevo anche vergogna per aver voluto provare per gioco e per scommessa con me stessa quella vita dura e pesante che per tutte quelle ragazze era stata una scelta obbligata e un'ultima disperata speranza.

Il sole inesorabilmente aveva bruciato i nostri visi e le corde vocali erano totalmente arse da non riuscire ad emettere più il benché minimo suono. In quell'interminabile viaggio di passione, solamente la fede e la bellezza della natura mi avevano aiutata a resistere, mentre i ricordi più brutti della mia vita, erano nulla in confronto ai disagi e allo sfinimento che stavo vivendo.

Ma ecco finalmente, a pochi metri da noi la tanto sospirata meta: la casa rurale in cui saremmo state ospitate per circa cinquanta giorni. La prima immagine che apparve ai miei occhi fu quella di un vecchio albero di noce, prospiciente l'aia, che con il suo fogliame faceva da riparo a due malconce seggiole, rese forse meno brutte da un lercio cuscino. Quasi appollaiato su questa seggiola, un anziano riposava, le sue mani saldamente appoggiate al bastone tremavano come foglie spinte dal vento, la testa era coperta da un cappello di paglia bucato in diverse parti e ingrigito dagli anni, che aveva visto tanti sacrifici e aveva assorbito tanto sudore e che ora se ne stava lì insieme al vecchio a riposare. Lo sguardo dell'anziano signore era rivolto all'orizzonte e ogni tanto lanciava delle occhiate alle sue gambe che un tempo erano in continuo movimento e che ora non reggevano più il peso del corpo.

Lo scontroso "cavallante" fermò il carro al centro dell'aia. Fui l'ultima a scendere. Quando i miei piedi toccarono terra le ginocchia vacillarono e, per un attimo, temetti che non mi avrebbero sorretta. Il burbero conducente con modi brutali, venne giù dal carro, si avvicinò alle sponde posteriori e prendendo una ragazza per il braccio con violenza la strattonò tirandola giù. La poveretta non si reggeva sulle gambe e cadde come un sacco. Per la seconda volta ci ribellammo ai modi primitivi di quest'uomo rozzo e volgare. Alle nostre urla di protesta lui con uno scatto d'ira si spostò per sciogliere le briglie ai cavalli. Le povere bestie si erano fermate e ansimanti non riuscivano più a muovere un passo. La bocca era piena di spumeggiante bava che penzolava come neve. I fianchi di questi animali erano di colore rosso sangue per le tante vergate che avevano ricevuto durante il viaggio. Si diffuse immediatamente il rumore del legno battuto, era come una musica secca e dalla cadenza ritmata. Questo suono costante era provocato dalle valige che ciascuna di noi cercava di tirar giù dal carro, urtandole una contro l'altra. Era tutto ciò che possedevamo, nostro unico e amato tesoro.

Appena scese dal carro ci venne incontro quasi a volerci sbranare un cane, che latrava tremendamente, rinsecchito e scheletrico; fortunatamente il cane era legato ad una lunga catena, portava al collo un collare in ferro con tanti chiodi tutt'intorno. Non intimorito dalla nostra presenza continuava a mostrarci i suoi denti aguzzi che digrignava, mentre un altro cane da lontano sembrava rispondergli.

Giunsi davanti al portico e, completamente estraniata, mi guardavo e riguardavo intorno. Lì c'era un gran focolare che immaginavo servisse per preparare il formaggio. Era stato costruito con sassi di fiume e malta di calce e su di un fianco si trovava un robusto sostegno di legno al quale era appesa una pentola di rame. Alzai lo sguardo e cominciai ad osservare la casa. I muri erano in pietra viva e il tetto coperto da coppi scoloriti dal tempo. La cascina era molto grande e aveva una planimetria a ferro di cavallo, delimitata da due cortili, uno davanti e l'altro sul retro. La facciata anteriore era uno spettacolo della natura: l'edera selvatica era rigogliosissima tanto che riusciva a coprire tutto il fabbricato, quasi ad abbellire le numerose finestre dagli scuri scardinati e cigolanti. Intorno, era tutto un fiorire di glicini che con prepotenza cercavano di penetrare all'interno dei muri. Addossate alla casa c'erano le stalle dove i contadini della cascina erano soliti ritrovarsi alla sera davanti ad un buon fiasco di vino. Un grande spazio coperto era delimitato dall'enorme portone usurato a forma di botte. Ritagliata all'interno di questa botte una portella per il passaggio delle persone. Nei mesi invernali questo spazio veniva occupato da un grosso carro che i contadini cercavano di riparare dalle intemperie. Enormi balle di fieno e di paglia venivano coperte da pesanti teli per proteggerli dalle piogge battenti. Le balle erano sapientemente arrotolate e impilate tanto da creare una macchia di colore nel grigiore di quell'ambiente. In un angolo della cascina vi era ricavata la bocca del forno a legna il quale rimaneva sempre acceso per alimentare il fuoco, un tetto spiovente riparava l'apertura dello stesso. Al centro dell'aia troneggiava un grande pozzo dove un catino di zinco luccicava quando il sole vi batteva e serviva per l'approvvigionamento dell'acqua utile in casa. Sulla piattabanda dell'arco che sormontava il portone di legno c'erano le iniziali del padrone del fondo che con gli anni avevano perso il colore conservando solo poche tracce di pigmenti.

Un puzzo di marciume si diffondeva nell'aria e mi fece subito pensare che poco distante da noi vi si trovasse la porcilaia. Mentre attraversammo il portico, vidi una piccola porticina aperta, con curiosità mi soffermai sull'uscio e vidi il luccichio dei tegami di rame allineati orizzontalmente e disposti con cura dal più grande al più piccolo. Accanto ai tegami c'erano anche tutti gli attrezzi necessari per accendere il fuoco, scorsi anche dei lunghi tavoli di legno usurato e scheggiato che sarebbero diventati luogo di ritrovo nei pochi momenti di tranquillità e dove sicuramente tutti i giorni avremmo consumato il pasto.

Anche nell'ala posteriore della cascina crescevano piante selvatiche un po' dappertutto e affiancavano la "mongibillia" che con le sue fitte spine sottili e acuminate come aculei, proteggeva i fiori bianchi o violacei sottili come fossero fatti con carta di riso. Questa pianta, dai variegati colori, oramai era un albero che saliva in alto fino a congiungersi con i gerani che facevano capolino dalle finestre. Due fontane lasciavano scivolare dal cannello una zampillante fresca acqua. Senza indugio tutte corremmo a bere, quando poco distante da noi comparve il padrone. Era un omone alto come un gigante, di buono non aveva nulla, i suoi occhi neri e penetranti sembravano circondati da fiamme, mentre i baffi rigogliosi gli impedivano quasi di parlare. Capelli neri e ricci ornavano il suo viso tondo tanto da farlo sembrare ancora più rotondo. Agitava senza sosta le grandi mani e gesticolando inveiva contro il "cavallante" che aveva fatto tardi ad arrivare. Lui per giustificarsi e per sviare alla punizione disse: "Padrone, sono state queste donne a farmi perder tempo, con le loro proteste, con il volersi fermare a tutti i costi… addirittura assaltandomi e prendendo loro il comando del carro".

Raccontò un mare di bugie ma nonostante noi controbattessimo che non era vero, il padrone non credette alle nostre parole anzi iniziò ad urlare come un forsennato. A queste urla comparve sulla porta di casa la moglie del fattore. Una donna di enorme stazza, grassa come i maiali che allevava, sulle spalle uno scialle azzurro fatto all'uncinetto e capelli bianchi raccolti a treccia. Anche lei si mise ad urlare: "Bastarde, non mangerete niente, se prima non vi cucite il sacco per la notte!". Povere noi! Così stanche non sentivamo più neanche i morsi della fame, avevamo voglia solamente di dormire e invidiavamo le mucche che dentro alla stalla, adagiate l'una accanto all'altra, stavano dormendo. In quel momento mi sarei accontentata di dormire sull'umida terra coperta solamente dalle stelle che splendevano in cielo, ma non fu così. Il burbero padrone ci ordinò di andare sotto al portico, dove in centro aveva fatto preparare un'enorme covone di paglia e fieno che sarebbe stato l'imbottitura per i nostri giacigli. Un vociare sommesso si versava nel vasto androne e come un'eco rimbombava per tutto lo spazio. Poi, il padrone iniziò a contarci. Io, che avevo cercato di confondermi con le altre, a questo punto ebbi paura ed ero sicura che da lì a poco sarei stata scoperta. Il cuore mi batteva talmente forte da sentirlo in gola, la numerazione si andava avvicinando sempre più ed io sentivo svanire la voglia e il desiderio di provare questa nuova esperienza. Quando giunse a me il padrone si soffermò perché io non ero nel suo elenco in quanto l'assunzione veniva negoziata tra capofamiglia e datore di lavoro. Con voce sempre più arrabbiata e burbera indicandomi col suo enorme dito disse: "Tu, chi sei?".

Io risposi: "Padrone, ho tanto bisogno di lavorare e ho pensato di venire qui da te". "Da dove vieni?", tuonò il gigante. Risposi: "Vengo da Trapani!" e suonò vigoroso il mio accento siciliano che fino a quel momento non mi era mai sembrato strano. "E dov'è questa Ciapani?", disse con tono sarcastico, rifacendomi il verso. Risposi: "La mia città, si chiama Trapani e si trova in Sicilia", lui rimase lì pochi istanti a pensare, forse stava cercando con la sua mente di localizzare in quale punto della Sicilia si trovasse la mia città ma era talmente ignorante che non mi sarei meravigliata se non avesse mai visto una cartina geografica. Ad un certo momento distolse il pensiero da Trapani e tuonò aspramente dicendo:

"A me servono braccia forti e gambe in buona salute, tu sei talmente magra che sembra quasi che mangi serpi! Comunque ci provo, se lavori bene e hai buona volontà rimarrai, altrimenti ti caccerò via perché non ho tempo da perdere e tantomeno non voglio sfamare una nuova bocca come sfamo tante perditempo", continuò dicendo: "Ricorda che se verrai mandata via dovrai andartene a piedi fino alla stazione, nessuno ti accompagnerà. Se accetti, le mie condizioni sono queste!". Risposi subito: "Grazie padrone, accetto l'offerta".

Il padrone stava per andar via, quando all'improvviso tornò indietro, dirigendosi nuovamente verso di me, vedermi venire contro ancora quella figura ostile mi fece molta paura, tanto che sentii un piccolo brivido correre sotto pelle. Anche Sara, che aveva appreso con gioia la mia assunzione a mondina, si rabbuiò e tutte e due pensammo che il padrone avesse già cambiato idea e che si fosse pentito del generoso gesto. Furono secondi di incertezza, poi si avvicinò e mi disse: "Non mi convinci, sei troppo istruita per venire a fare questo lavoro, tu mi nascondi qualcosa, è vero?". Io prontamente risposi: "No, non nascondo nulla, la mia famiglia è povera ed io ho bisogno di lavorare". Lui si avvicinò sempre più a me prese le mie mani che scomparivano al confronto con le sue, sollevò gli occhiali dagli spessi vetri come fondi di bottiglia e disse: "Queste sono mani che non hanno mai lavorato! Comunque domani inizierai insieme alle tue compagne. Voglio vedere cosa saprai fare! Ricordati che a fine monda ti darò quattro pugni di riso meno delle tue compagne perché ti sei infiltrata". Queste parole mi fecero male, ma accettai le sue condizioni con sofferenza.

Alla fine della conversazione quando quell'energumeno andò via, Sara felice per la decisione finale mi si attaccò al collo in segno di gioia, tanto da farmi perdere l'equilibrio e rotolare sopra un covone di paglia e fieno dove più tardi ci saremmo addormentate. Nell'aria si diffondeva l'odore dei campi arsi dal sole e imbevuti d'acqua stagnante. Finito il momento d'allegria, tornai alla realtà. Dovevamo riempire i pagliericci e cucirli grossolanamente ad un'estremità. Eravamo tutte in una grande camera, posta sopra le stalle, dove trovavano accoglienza i giacigli di tutti coloro che vivevano nella casa e dove regnava al centro una stampina devozionale. L'ambiente era completamente vuoto, disadorno, percorso solo da lunghi fili che servivano per stendere la biancheria. La nostra misera cassetta in legno per noi era tutto: valigia, armadio, tavolo, cassaforte, ma soprattutto portava l'odore di casa.

Dopo aver sistemato i giacigli e le nostre cassette, finalmente anche se a pancia vuota e con lo stomaco che brontolava giunse il momento di andare a dormire. Quando poggiai il mio corpo sfinito su quel sacco informe e fortemente rumoroso mi parve di raggiungere la beatitudine e sprofondai senza esitazione in un sonno profondo. Purtroppo il mio dolce dormire come quello delle mie compagne di avventura non durò a lungo. Prima dell'alba, passò tra i paglierícci il caposquadra che con voce tonante ci urlava senza alcuna delicatezza che era ora di andare a lavorare e non potevamo permetterci di indugiare. Ci vestimmo di corsa, uscimmo e ci lavammo a malapena nella freddissima acqua del fosso più vicino alla cascina. Il troppo freddo mi procurava brividi lungo la schiena tanto da paralizzarmi quasi le gambe; battevo i denti e la mia pelle diventava di colore viola. Vedevo attraverso l'epidermide il sangue cambiar colore, diventare violaceo. Il caposquadra, trovandomi sprovvista dell'uniforme tipica delle mondine, me ne procurò una usata. Nonostante il freddo pungente, indossai quella semplice ed informe vestaglietta di cotone allacciata davanti e senza maniche che doveva servire a proteggerci inutilmente dal sole. Arrotolai poi la lunga gonna fino alla vita per evitare che mi si bagnasse. Con immensa fatica mi infilai le pesanti calze di filanca tirandole fino alle ginocchia, mi accorsi con stupore che queste calze non avevano la parte del piede e chiesi a Sara: "Mi sai dire perché queste calze non hanno il piede? Come le dovrei portare?". Allora lei con la sua solita aria saggia e seria mi rispose: "Quando andrai in risaia sarà fondamentale l'uso dei piedi per il lavoro. Oltre a raccogliere il riso, dovrai anche estirpare le erbacce che crescono intorno alle piantine. Spesso non si riesce a togliere le erbacce solo con le mani e allora dovrai scavare aiutandoti con l'alluce una piccola fossa intorno alle radici e solo in quel momento potrai sradicare la radichetta della pianta." Non mi era molto chiara questa parte del lavoro ma credevo fosse impossibile utilizzare le dita dei piedi con tale maestria. Tuttavia mi convinsi che con un po' di esperienza sarei riuscita anch'io. Continuai a vestirmi e indossai un paio di manicotti fino alle spalle fermati in più punti del braccio da elastici. I manicotti servivano per proteggersi non solo dalle punture degli insetti ma soprattutto dal riso stesso che con la sua spiga raspava e tagliava sia i piedi nudi che le braccia. In testa indossai un cappello di paglia leggera a falde larghe che avrebbe cercato di ripararmi dal sole cocente.

Il caposquadra con il suo fischietto ci invitava a lasciare frettolosamente la cascina. Ci avviammo verso la risaia a piedi e camminammo senza sosta per circa quaranta minuti. L'aria era pungente, qualche piccolo stentato raggio di sole illuminava il nostro cammino, mentre il grigio argenteo della nebbia era il nostro compagno di via. Pian piano il verde cristallino delle quadre delle risaie si faceva sempre più vicino. Si ascoltava in lontananza il borbottare del torrente che lentamente con le sue gelide acque scorreva in un letto ghiaioso e scavava passaggi, tra le nude pareti rocciose da dove era nato e si spingeva sempre più avanti senza sosta, formando laghetti e prati ricchi di acqua sorgiva. Arrivati a destinazione vidi le mie compagne che, pur essendo già state in risaia negli anni precedenti, entravano nelle quadre a fatica urlando per la gelida acqua. Lentamente si disponevano in file orizzontali. Quando fu il mio turno, con il piede toccai il fondo melmoso, la mia pelle bruciava per il troppo freddo della gelida acqua, allora urlai di dolore e istintivamente feci un passo indietro, pensando in quell'istante che nonostante la mia buona volontà non ce l'avrei mai fatta.

Sara entrò in acqua e con molta dignità non si lasciò scappare neanche una parola di disappunto. Io mi vergognai tanto di non essere così forte e determinata come lei, nonostante la sua giovane età non fosse paragonabile alla mia. Fu proprio lei che mi ordinò di entrare e le mie compagne, di seguito, mi incitavano a prendere coraggio. Se avessi continuato nella mia incertezza, dimostrando ancora reticenza ad entrare in acqua, il caposquadra mi avrebbe certamente rispedita a casa. In quel momento fui assalita da mille dubbi, volevo tornare veramente indietro? Avrei retto al pensiero della sconfitta? E dove avrei messo il mio orgoglio? Con quanti rimorsi avrei pensato a queste ragazze che si stavano spaccando la schiena con coraggio? A quel punto non sapevo più cosa desiderasse veramente il mio cuore.

Se avessi abbandonato, sicuramente avrei fatto un passo indietro, rimettendo in discussione la nuova vita che avevo deciso di intraprendere.

Feci violenza su me stessa, entrai in risaia e le mie compagne mi fecero spazio tra loro, allargandosi una dopo l'altra. Stavo male, le gambe erano paralizzate mentre i piedi affondavano in un qualcosa di marrone, molliccio e maleodorante. Ad un tratto sentii qualcosa strisciare vicino alla caviglia, gettai un urlo di paura, stavo per svenire ma prontamente Sara e Agata mi sorressero. Rassicurandomi, mi dissero: "Sciocca, sono bisce d'acqua! Queste bestiole non fanno nulla! Non fare la bambina perché non lo sei!". Agata, immergendo la mano nella melma, afferrò per la testa la biscia, la tirò fuori, mostrandola come un trofeo, e la fece roteare in aria scagliandola all'indietro. Fece tutto con una tale naturalezza che dimostrava ormai l'abitudine a quel lavoro che espletava da tanti anni.

Le acque erano infestate anche da rane e numerosi insetti. Per tenere lontani gli insetti ci spalmavamo le gambe e le braccia con una pomata di colore bianco, il cui effetto era quasi inutile. Infatti venivamo ugualmente attaccate e ripetutamente punte tanto che quella prima sera non sentivo più le braccia sia per la fatica che per i fastidiosi morsi. Da lì a poco vidi a fior d'acqua annaspare una famiglia di nutrie. Urlai di paura e prontamente il caposquadra mi richiamò inveendo contro di me, invitandomi a star zitta e a non diffondere il panico tra le altre.

Piegata, a testa in giù iniziai a mondare il riso, estirpando le erbe infestanti che, raccolte in mazzetti, gettavamo alle nostre spalle nei canali di scolo laterali. Ad un certo momento notai un'erba più grossa e dura da strappare, aveva le radici piuttosto profonde, quindi le mie compagne mi insegnarono a scavare nel fango fino alla radice con le dita dei piedi. Si faceva una gran fatica, scavare nel fango faceva sì che le dita sanguinassero spesso ma, per fortuna, tutte le erbe non erano così difficili da estirpare. Giunse un momento particolare che non avrei scordato più in tutta la mia vita. Dovevo espletare i bisogni fisici, stavo per allontanarmi dalla squadra, quando il suono del fischietto del caposquadra mi intimò di non muovermi, ma io non potevo resistere. Chiesi alla mia vicina come poter fare, lei mi rispose: "Non puoi allontanati dal lavoro, fai semplicemente un passo indietro o di lato e fai ciò che hai bisogno di fare". Risposi: "Ma qui? Davanti a tutte? Anche davanti al caposquadra?". "Sì, ragazza mia, facciamo tutte così!". Capii così perché ogni tanto vedevo accucciarsi una di loro e rimanere indietro per un po'. Questa situazione non mi piacque per niente, cercai di trattenermi ma sentivo le viscere contorcersi, forti crampi mi paralizzavano mentre la vescica stava quasi per scoppiare. Per evitare di farmela addosso feci un passo indietro, mi guardai intorno per cercare di cogliere sguardi ma nessuno mi stava guardando, decisi così di espellere le mie necessità mentre da non molto lontano il caposquadra si lasciò andare ad una frase volgare, captata dalle mie orecchie. Speravo di aver ascoltato male, ma non fu così, infatti mi disse: "Che bel culo che hai figlia mia, dopo il lavoro potremmo magari incontrarci!" Gli inviai un sonoro: "Vaf-fan-culo maiale!". Ma alle mie parole si aggiunse la voce corale delle compagne che ripeterono la stessa frase indirizzandola allo stesso uomo. Quando esplodemmo tutte in una fragorosa risata, il suono del fischietto ci riportò alla monda.

La campana della chiesetta del paese che non distava molto rintoccò e tra le file giunse un uomo con un barilotto pieno d'acqua di colore verdastro. L'uomo aveva portato con sé un sacco pieno di pagnotte che distribuì lungo la fila insieme ad un mestolo d'acqua per dissetarci. Per disgrazia, la pagnotta mi scivolò dalle mani e cadde in acqua. Rimasi completamente digiuna, mentre la pagnotta per la gioia di tutti gli animaletti che vivevano in quell'acqua stagnante divenne un prelibato pasto. Sara, avendo visto l'accaduto, e che ero rimasta senza nulla da mangiare prese la sua pagnotta e la divise con me. Ne fui felice; il suo fu un gesto di grande altruismo che in quelle condizioni di vita apprezzai moltissimo.

Il tempo non passava mai, fissavamo il sole sempre più alto, per capire che ora fosse. Gli orologi erano severamente proibiti e riuscivamo a scandire il tempo solamente ascoltando i rintocchi della campana. Per tutto il giorno si attendeva il doppio fischio dei caposquadra che comunicavano la finc della giornata lavorativa.

A mezzogiorno, quando rientravamo nella cascina, la cuoca ci faceva trovare sempre il solito piatto di riso e fagioli. Lei era una figura importante, non lavorava con noi nelle risaie ma si occupava della cucina, della pulizia dei dormitori e teneva a bada alle volte i bambini che alcune lavoratrici erano costrette a portare con loro. Trovavamo un grande tavolo di legno tarlato, scheggiato e ricolmo di piatti fumanti. Il dolce profumo del cibo ci metteva sicuramente tanta allegria. Dopo il pranzo, la tristezza prendeva il sopravvento e ricominciava anche il viaggio a piedi verso la risaia, il caldo umido lasciava proliferare enormi quantità di insetti che trovavamo dappertutto, sia nei refettori, nelle camerate e in modo esponenziale, nelle risaie.

Prima di affrontare il viaggio a piedi, ci si recava nella turca, un buco scavato nel terreno con una tavola messa di traverso su cui poggiare i piedi, dentro ad un bugigattolo. Questo gabinetto era così cupo, così maleodorante e senz'acqua corrente che preferivo fare i miei bisogni in acqua piuttosto che restare immobile con le gambe divaricate sopra a quel buco per evitare di bagnarsi i piedi con gli schizzi che rimbalzavano sul gelido battuto di terra.

Dopo esserci messe nuovamente in cammino per gli stretti viottoli, si rientrava nelle risaie. L'acqua nel pomeriggio era più calda mentre da lontano si sentivano i fiumi mormorare. Alle volte l'acqua arrivava torbida, rotolante e mi affascinava guardare il fiume venir giù dai monti mentre dava una nota sonora di colore che quasi pareva cogliere un palpito di eternità, con il suo millenario aspetto tra muschi, abeti e prati infiniti. Il mio momento di evasione dal duro lavoro fu rotto dal maledetto fischio del sorvegliante che mi richiamò. Avevo il sole a picco sulla testa, mi coprii con il cappello di paglia dalle larghe falde per cercare di riparare il viso su cui di tanto in tanto mi dimenticavo di spalmare la pesante crema "Biancardi". Oltre alla pomata contro gli insetti, molte di noi si passavano quest'altra crema per evitare di scurire la pelle del viso. Anche io la usavo, ma lo facevo solo per proteggermi, mentre altre mie compagne proteggevano il viso per evitare che al ritorno al loro paese il colore brunito svelasse dove erano state e quale lavoro avessero svolto. Per molte realtà di paese fare la mondina era un'attività tanto umile da vergognarsi e da essere considerate povere e in miseria.

Le mani screpolate e ruvide, la continua esposizione al sole, all'acqua e alla melma, dava vita ai geloni, che si annunciavano con un leggero prurito misto a dolore e finivano per spaccare le nocche delle dita. Qualche volta capitava di trovare in risaia tra le spighe, nidi di uccelli, di rane o di gallinella. Se c'erano della uova dentro, io e le mie compagne le rubavamo e le nascondevamo nei manicotti. La sera, dopo la povera cena, le cuocevamo, sempre di nascosto, nel camino, infilzandole in un ferro da calza. Di tanto in tanto raccoglievamo anche le sanguisughe che poi vendevamo al mercato, la gente le acquistava utilizzandole per i salassi. Quando anch'io iniziai a raccogliere le sanguisughe la fame aveva ormai vinto su tutte le paure. Ero diventata coraggiosa, affrontavo le difficoltà della situazione, cercando di essere il più possibile padrona di me stessa. Era vietato parlare, altrimenti i guardiani sarebbero intervenuti senza dolcezza alcuna.

Lavoravamo anche 12 ore al giorno, dall'alba al tramonto. La schiena era a pezzi, i pizzichi di zanzare tappezzavano le nostre braccia, le gambe, il volto. Per alleviare la fatica e per trovare sollievo dal troppo dolore comunicavamo tramite canzoni che inventavamo durante la monda, all'ombra dei nostri cappelli. Alcuni di quei canti erano ricchi di ironia, oppure erano canti d'amore, di protesta o di dissacrazione dei luoghi comuni, oppure più di una volta non potendo parlare con il padrone cantavamo la nostra sfida di donne che lottavano contro la superbia, l'arroganza e l'insensibilità. Spesso le nostre erano canzoni piene di rabbia e odio; odio verso il padrone che sfruttava la nostra dignità di lavoratrici e verso il parroco che nelle sue omelie lodava le gesta del padrone, dipingendolo come un benefattore per tanta povera gente. Dietro quelle parole di perdono e di assoluzione c'era solo l'avido interesse per le cospicue offerte che la chiesa accondiscendente riceveva. Alle volte mi capitava di duettare attraverso il canto con altre compagne ed intraprendere con loro un botta e risposta, parole urlate, parole allusive, si diffondevano nell'aria per tutta la campagna di un'Italia povera, messa in ginocchio dalla guerra.

Al tramonto finalmente s'usciva dalle quadre allagate per fare ritorno alla cascina, sempre a piedi e per altrettanti e più faticosi chilometri. Lungo il cammino ci si fermava a lavarsi nei fossi e finalmente potevamo indossare gli zoccoli e, per tenere i piedi caldi, ci si metteva all'interno del fieno. Giunte alla cascina, molte di noi non si reggevano più sulle loro gambe e si entrava stremate nella grande cucina trasformata in refettorio. Nella grande stanza spiccava un enorme mobile a tre ripiani dal colore usurato: nel primo ripiano c'erano i piatti grandi, nel secondo i piatti fondi e i piattini, infine, nel terzo i bicchieri. Il mobile era poi sormontato in alto da tegami di rame, allineati orizzontalmente dal più grande al più piccolo.

Finalmente insieme si consumava un misero pasto composto da riso con fagioli come a pranzo. Nella brodosa minestra della sera veniva aggiunta in più qualche scaglia di formaggio di raspa. Ci veniva offerto anche un misero tozzo di pane di granoturco che spesso era umido. Il pane qui, cotto ogni dieci giorni, si inacidiva velocemente e veniva attaccato dalla muffa. Alcune ragazze più fortunate ricevevano dalla famiglia di tanto in tanto qualche salamino o qualche uovo. Pietanze prelibate che venivano consumate alla domenica in religiosa solitudine come un lusso straordinario. Tutte quante guardavamo con invidia le fortunate che potevano mangiare ciò che le famiglie avevano mandato loro. Non si spendeva nemmeno una parola ma la nostra bocca si riempiva di acquolina. Si attendeva sempre la domenica perché durante i pasti veniva aggiunto un pezzetto di carne e due dita di vino. Al pomeriggio del giorno di festa si andava a gruppetti in paese, gli abitanti ci guardavano in malo modo e spesso dicevano: "Sono arrivate le zingare!". Erano spesso le donne più anziane del paese ad avere un comportamento ostile e denigratorio verso noi. Non eravamo ben viste per il nostro stile di vita lontano dalle famiglie e soprattutto perché indossavamo i pantaloni corti. Le donne più giovani temevano che avremmo potuto irretire i loro mariti. Non sapevano che per molte di noi quegli uomini erano l'ultimo pensiero e che, in quanto tali, li associavamo ai caposquadra, aguzzini senza umanità. Poche altre, invece, cercavano in quegli uomini corteggiatori, un affetto che a loro serviva per colmare un vuoto immenso e per staccare il pensiero dai sacrifici e dalla povertà. Spesso il corteggiamento atteso da una domenica all'altra faceva sentire queste ragazze come quelle piccole attrici che apparivano sugli schermi dei cinema all'aperto. Durante la settimana sognare un volto, sperare in una parola o aspettare uno sguardo le faceva sentire meno affaticate e non gli faceva dimenticare la loro femminilità.

A sera solitamente si ballava al suono della fisarmonica e si intrecciavano danze con ritmi forti e tra risate e qualche buon bicchier di vino trascorrevamo in modo gradevole la fine del giorno di festa. Ballando si cercava di dimenticare le fatiche della giornata ormai trascorsa. Alcune ragazze stremate preferivano andare a letto, altre sedevano davanti al grande falò per scaldarsi e rintracciare con la mente i ricordi persi, rendendo partecipi le amiche di storie personali, lontane dalle risaie. Altre andavano, me compresa, a sedere all'interno delle stalle perché questo era il luogo più caldo. Tra una chiacchiera e l'altra tenevamo tra le mani un uovo di legno che serviva a fare da guida per rammendare le calze. Spesso tra il vociare soffuso dei racconti si sentiva il ticchettio del ditale battere sulla superficie dell'uovo per appianare il rattoppo.

Gli uomini del paese amavano molto trascorrere con noi le domeniche in allegria. Indossavano i vestiti che ritenevano più belli e lustravano le loro fisarmoniche, esercitandosi ad intonare valzer, mazurche e balli popolari. Persino i muri sembravano trasudare allegria.

Questi momenti di spensieratezza venivano rotti solo dallo sconforto di un paesaggio freddo, umido e nebbioso che allattava tutto ciò che c'era intorno. E coperti dalla nebbia lattiginosa, i rapporti tra uomini e donne si intensificavano e ci si lasciava alle prime luci dell'alba con l'impegno di rivedersi la domenica successiva.

CAPITOLO VIII

Era una splendida giornata, mi svegliai di buonumore come se qualcosa di bello stesse per accadermi. Le amiche mi chiesero il motivo di questa mia allegria, domanda alla quale io non seppi rispondere. Dissi solamente che avevo dentro di me una sensazione che qualcosa di bello stesse per accadere.

Anche quel lunedì, come sempre, iniziai insieme alle altre il mio lavoro. Mi sentivo ancor più sola, avendo visto che anche le mie amiche, la notte precedente avevano incontrato il loro corteggiatore. Anche io, nel mio isolamento, sentivo la mancanza di un contatto fisico, di un bacio o di una carezza che mi avrebbero aiutato a superare quel momento di tristezza e di malinconia. Ma l'unico bacio lo ricevetti da Sara, perché di nascosto dal guardiano le passai un uovo di gallinella e lei senza indugiare troppo fece due piccoli forellini all'estremità del guscio e lo bevve.

Quando giunse il tramonto, alla fine della faticosa giornata di lavoro, e il sole con i suoi deboli raggi ci stava salutando, da lontano sentii il rumore di un motore. Capii immediatamente che non era un trattore ma una macchina che si andava avvicinando alla cascina. Ciò destò la nostra curiosità in quanto nessuno veniva dal paese a trovarci e nemmeno il padrone solitamente riceveva degli amici. Anche se si fosse trattato della visita di qualche conoscente, nessuno dei nostri parenti possedeva un'automobile, tutt'al più un carretto. La nostra curiosità era talmente tanta e tale che iniziammo ad intonare canti inerenti a quel rumore. Era talmente una novità e una stravaganza che non vedevamo l'ora di sentire il fischio di fine lavoro. E il fischio giunse poco dopo. Ci precipitammo a far le pulizie personali come di consueto e ci incamminammo verso casa. Man mano che ci avvicinavamo alla grande cascina vedevamo sempre in modo più chiaro il padrone e la moglie che conversavano con un signore dal vestito nero come gli occhiali. Sembrava molto elegante.

Faceva contrasto solamente la camicia bianca e la cravatta nera. Appena arrivate salutammo, alcune mie compagne si misero a civettare e con i loro pantaloncini corti passavano e ripassavano davanti a costui. Io mi sedetti sotto un grande albero di oleandro e con lo sguardo perso nel vuoto cercavo di riprendere le forze anche se non lo nego di tanto in tanto lo osservavo. I suoi modi erano raffinati, era alto, spalle larghe, capelli neri nascosti da un cappello tipo borsalino di color panna. Intravidi sul suo petto una collana luccicante da cui pendeva un crocefisso in stile bizantino. Al dito vedevo luccicare un qualcosa, non era certamente la fede ma un anello che recava al centro una pietra bianca trasparente, forse un brillante. Quando tutte le ragazze entrarono in refettorio, io mi attardai perché le ginocchia erano eccessivamente doloranti. Nel silenzio che si era creato in cortile, riuscii a cogliere qualche frase e capii che non parlava un italiano perfetto, ma infarcito da un forte accento straniero. L'impressione che costui fosse americano mi fece subito pensare a un parente del padrone che era giunto da lontano per fargli visita. Durante la conversazione fra loro tre, mi accorsi che di tanto in tanto quell'uomo si girava per guardarmi. Ebbi l'impressione che stesse chiedendo notizie sulla mia persona. Non diedi alcuna importanza a questo fatto ma cercai di alzarmi e raggiungere le altre ragazze per consumare la cena. Dopo qualche minuto, il padrone, la moglie e l'uomo misterioso entrarono in casa mentre sulla porta d'ingresso tre uomini armati fino ai denti piantonavano la casa. Io e le altre ragazze non capivamo chi fosse ma soprattutto cosa fosse venuto a fare.

Mi chiedevo che tipo di interesse avessero in comune due persone totalmente diverse, il primo, lo straniero, sembrava una persona particolarmente raffinata mentre il padrone era un uomo inconfondibilmente zotico in ogni sua manifestazione. Alcune compagne di avventura lo divoravano con lo sguardo, facevano di tutto pur di essere notate, mentre io continuavo ad osservarlo da lontano cercando di capire chi fosse. La serata trascorse allegramente, dopo aver cenato e riordinato andammo tutti fuori nell'aia e una di noi che sapeva suonare l'armonica a bocca iniziò ad intonare vecchi canti e musiche folcloristiche. In questo clima di festa si aprirono le danze mentre il padrone, la moglie e l'ospite terminavano il desco. Ad un certo punto il giovane straniero venne fuori con la scusa di fumare il suo sigaro. Gli uomini di sua fiducia trascinarono fuori a fatica una poltrona e lui, come su di un trono, vi si accomodò. In quell'istante cessò la musica, i balli si interruppero. Noi ragazze decidemmo per non disturbare di andare a letto, ma lui ci pregò di rimanere e continuare a divertirci perché i nostri canti e i nostri balli divertivano anche lui. L'armonica ricominciò a suonare, le mie compagne ballavano a coppie mentre io avendo le ginocchia eccessivamente doloranti dopo qualche ballo tornai a sedere tutta sola. Assorta nei miei pensieri per me non esisteva intorno nessuno in quanto la mia mente era andata altrove, nel luogo dove avevo lasciato tutto. Completamente distrutta dalla fatica e dai ricordi, non mi accorsi che costui si era avvicinato a me e quando mi si presentò dinanzi, sobbalzai, ma lui con fare gradevole si presentò dicendo: "La vedo tutta sola e assorta nei suoi pensieri… è il fidanzato o il marito che le manca?". Risposi: "No, no! Non sono sposata e nemmeno fidanzata!". E lui: "Bene! Allora questa sera anziché star qui tutta sola spero voglia ballare con me!". Non mi aveva lasciato molta scelta. Quell'uomo mi parve un po' prepotente e anche presuntuoso. Prontamente risposi: "Se devo ballare o no lo deciderò solamente io!". Lui rimase stupito da quest'inaspettata risposta a tono e, divertito, continuò: "Bel caratterino, ragazza mia! Posso almeno avere il piacere di conoscere il suo nome?". Perentoriamente risposi: "Mi chiamo Amaranta", e lui continuò: "A me dà l'impressione che lei sia una donna che proviene da qualche paese della Sicilia! Non mi sembra una donna che abbia vissuto la sua giovinezza in campagna come tutte le sue compagne… la tradiscono le sue mani che non sono mani affaticate e segnate come quelle delle altre. Mi chiedo perché sia venuta qui a fare questo umile lavoro. Certamente a casa sua non sarà stato il piatto di pasta a mancarle! Mi piacerebbe conoscere la sua storia e se lei me lo permettesse potrei anche aiutarla". Risposi: "Grazie, io non sto chiedendo alcun aiuto… lo chiedo solo a me stessa e alle mie forze, quindi continui la sua permanenza tranquillamente e non si preoccupi per me, qui vivo abbastanza bene!" Anch'io volli fargli una domanda: "Mi incuriosisce il suo nome… vorrei conoscerlo se per lei non è una grossa difficoltà". Lui prontamente rispose: "Mi chiamo Jack Solfino e vivo a New York". Dopo questa risposta mi alzai, lo salutai cordialmente e scusandomi cercai di fargli capire che l'ora del risveglio per una mondina sarebbe arrivato tra poco. Ci scambiammo la buona notte e rientrai nel dormitorio. Tutte le mie compagne ancora sveglie avevano finto di spegnere la luce ma non appena aprii silenziosamente la porta balzarono fuori dai loro giacigli e mi fecero mille domande. Io stanca e piena di sonno alzai la voce e arrabbiata urlai loro: "Lasciatemi in pace, non mi interessa nessun uomo, mi interessa solamente il mio lavoro! Adesso voglio dormire! Buonanotte a tutte!". In coro con le voci sconsolate per non aver ricevuto tutte le informazioni che desideravano mi augurarono la buona notte.

Finalmente potei sdraiarmi sul mio paglericcio, abbracciai il cuscino e non ebbi tempo di pensare tanto che caddi in un sonno profondo quasi comatoso. L'indomani mattina ci alzammo sempre all'alba per recarci in risaia, lungo la strada nessuna delle mie compagne aveva aperto bocca, le vedevo quasi risentite dal momento che non le avevo rese partecipi della conversazione avvenuta tra me e il forestiero. Entrata in risaia dopo i primi momenti di disagio iniziarono ad intonare canzoni inventate al momento con lo scopo di provocare una mia reazione. Ero molto decisa a non cedere, perché non avevo alcuna intenzione di fomentare pettegolezzi superflui né di diventare la favola del gruppo. Il mio silenzio dimostrava che non ero interessata a tale argomento, cercando di convincerle che il loro pensiero non era conforme alla realtà. Ma loro continuavano a parlare, fino ad immaginare un ipotetico matrimonio. Ad un tratto il fischio del guardiano ci fece sobbalzare e iniziò ad urlare per farsi sentire, dicendo: "Sta arrivando il padrone, e non è solo. Dovete essere gentili, forza, salutate lui e il suo ospite!". In effetti sul viottolo sterrato giungeva da lontano un carretto dove avevano preso posto il padrone, l'ospite e i quattro uomini armati fino ai denti. Il carretto si fermò un po' distante dalla risaia, con un balzo tutti quanti vennero giù e iniziarono il loro cammino venendo verso di noi. Ad un certo momento lo straniero, si staccò da tutti, si tolse le scarpe, le calze, arrotolò i pantaloni e a fatica e barcollando nell'acqua melmosa puntava gli occhi verso me. Tutte quante ridevamo cercando di non farci scoprire perché immaginavamo che da lì a poco sarebbe rovinosamente finito in acqua e più precisamente nel fango. Non si sentivano più le canzoni, nessuno cantava, intorno un silenzio tombale. Quell'uomo mi veniva, proprio, incontro e quando arrivò davanti a me prese la mia mano invitandomi ad uscire dalla risaia. Guardandomi negli occhi mi disse: “Ho saputo tutto di te! Non puoi assolutamente rimanere a lavorare qui!”. Io seccata risposi: “Lei, non ha alcun diritto di darmi ordini! Non la conosco e non voglio uscire dall’acqua. Che cosa significa che sa tutto di me? Non crede di essere troppo presuntuoso?”. Ma lui proseguì dicendo: “Esci subito! Poi ti spiegherò ogni cosa!”. Rivolsi uno sguardo verso il padrone che mi fece cenno di uscire e di ubbidire. Costretta, così feci e mentre stavo uscendo da quella melma, un fragoroso applauso accompagnò i miei passi. Mi stavo recando verso la stradina, quando lui mi fermò, mi prese in braccio e sollevandomi mi fece salire sul carretto che ripartì alla volta della cascina. Appena giunti davanti l’aia stavo per andare come consuetudine a lavarmi nella pozza dove ci si lavava e si lavavano anche le stoviglie, ma quel giorno la moglie del padrone intervenne e mise a mia disposizione il suo bagno personale. Non capivo come fosse possibile questo cambiamento improvviso senza alcuna valida motivazione e mi chiedevo cosa fosse successo. L’unica spiegazione che riuscii a darmi era che avevano forse tutti quanti scoperto il mio segreto, avevano saputo che ero una ragazza di buona famiglia e che un momento di disperazione, dovuto alla morte della nonna mi aveva portata a scelte difficili, forse non adatte alla mia persona. Dopo essermi lavata e smessi gli abiti da lavoro indossai i miei soliti zoccoli. Trovai giù nella grande cucina Jack ad aspettarmi. Rimanemmo davanti al fuoco a parlare. All’inizio ero molto reticente, ma ascoltando le parole gentili di Jack, lentamente cedetti alla conversazione e capii che lui, tramite una fitta rete di conoscenze in Sicilia, aveva saputo tutto di me in brevissimo tempo. Conosceva i motivi che mi avevano spinta a questo umile lavoro. Rimasi colpita dalla velocità e dallo spasmodico interesse che questa persona aveva dimostrato nei miei confronti. Ma ebbi un vero colpo al cuore quando mi chiese con aria complice e confidenziale se mi mancava il suono dolce della mia fontana. Rimasi senza parole e immediatamente capii l’intreccio delle conoscenze. Quando il discorso scivolò su toni più personali, lui, senza timore né timidezza, mi confessò che credeva profondamente ai colpi di fulmine e che si era innamorato follemente di me. A quella spregiudicata dichiarazione elegantemente glissai, facendo finta di pensare ad altro.

Ero io ad essere vinta dalla timidezza, con uno stato d'animo che non padroneggiavo bene. Nessuno fino a quel momento si era mai dichiarato in modo così diretto e travolgente come aveva fatto Jack. Era comunque un uomo che destava il mio interesse. Avvertivo l'alone di mistero che lo avvolgeva e mi sembrava una sfida che richiamava la mia curiosità. I suoi occhi erano vivaci e allo stesso tempo autoritari, ma riuscivo a leggere in fondo alle pupille un velo malinconico di solitudine. Elegante e possente nella sua figura, mi dava l'impressione di un re solo. Un re circondato dalla sua corte che a sera lo lasciava più solo che mai. Era questa umanità nascosta ad attrarmi profondamente. Un uomo forte e potente che nascondeva la fragilità di un fanciullo mai cresciuto. Mi dava quasi l'impressione di trovarsi lì per caso e che tutta quella forza e tutto quel potere su uomini e destini gli fossero piovuti addosso inaspettatamente. Il fato aveva giocato con lui senza regole e lo aveva costretto ad accettare tutte le sue condizioni.

Ad un certo punto gli chiesi che lavoro facesse. Lui, candidamente, mi disse che importava ed esportava alimenti, tra cui il riso. Era questa, a sentire le sue parole, la ragione dei rapporti che intratteneva con il proprietario della cascina. L'ingenuo fanciullo tradì il re potente e quelle parole suonarono distorte alle mie orecchie e capii che era una falsa verità. Il mistero aveva avuto il sopravvento sulla verità. Quella sera al rientro delle mondine ci fu una gran festa, la voce si sparse fino al paese tanto che arrivò parecchia gente portando dolci, pane, salame e tanto altro ben di Dio. Si danzò fino a tarda ora. Quella sera, anche se da quel momento in poi non sarei più stata la solita mondina, volli tornare a dormire sul mio pagliericcio.

I giorni trascorsero velocemente e l'amicizia tra me e Jack divenne sempre più intima. Non andai più in risaia e mentre le mie compagne continuavano il lavoro di monda, io mi dedicavo alla cucina e alle pulizie dei refettori. Lui, continuò a corteggiarmi per parecchi mesi e cercava in ogni modo di proteggermi, di essere carino con me. Una domenica pomeriggio ero nella stalla per svolgere le mie abituali mansioni. Tra queste mi piaceva molto prendere con il forcone la paglia e sistemarla come lettiera per le mucche. Durante questo mio lavoro legavo in testa un fazzoletto a fiori, mi cingevo i fianchi con un grembiule grigio e mi inventavo uno stornello cantando a squarciagola. Lo stavo dedicando alla mia cara amica mucca alla quale avevo dato il nome Milly. Di tanto in tanto le accarezzavo la testa e lei mi ripagava con un sonoro muggito, mi guardava con i suoi immensi occhioni nei quali leggevo tanta bontà e la paragonavo alla cattiveria dell'uomo. Assorta in questi pensieri non mi accorsi che dietro di me con passo felpato si era intrufolato nella stalla Jack, che con scatto felino mi cinse la vita mi prese in braccio facendomi scivolare per terra il forcone e stringendomi a sé. Pieno di desiderio mi scaraventò con modi non troppo delicati su quella montagna di paglia. In men che non si dica ci ritrovammo abbracciati mentre le nostre labbra e le nostre lingue si toccavano, si assaporavano sentivamo il bisogno di possesso, la paglia scaldava sempre più il nostro desiderio. Io cercai di respingerlo all'inizio, ma dentro sentivo la voglia di amare e di lasciarmi andare. Erano ormai troppo tempo che non mi sentivo donna. Dopo i primi momenti di imbarazzo che provavo nei confronti di costui a me completamente sconosciuto o quasi e a quella forza che da sempre mi aveva spinta all'osservanza della verginità, valore imprescindibile in Sicilia, decisi di lasciarmi andare alla passione, abbandonando tutti quei freni inibitori che la mia famiglia mi aveva indirettamente trasmesso e che forse esistevano dentro me come tracce indelebili nei miei geni.

Le carezze, i baci, gli sfioramenti mi portarono all'abbandono, mentre il muggito delle mucche in quel momento suonava come una dolce musica. La passione ci travolse così intensamente che non dimenticammo mai per tutta la vita quella nostra prima volta.

Un sonno profondo, dopo aver fatto l'amore, ci sorprese e al risveglio ci ritrovammo nudi, abbracciati, coperti solamente dalla paglia. Lui si lasciò andare a qualche confessione, mi rivelò il desiderio di sposarmi, mi disse anche che per lui e per il suo lavoro era impossibile fermarsi ancora in Italia e che da lì a poco sarebbe dovuto rientrare a New York; troppi mesi erano trascorsi e ora non poteva più fermarsi neanche per amore mio.

Eccomi davanti ad un altro bivio esistenziale. Mi ero appena illusa di aver trovato un po' di equilibrio e serenità e, invece, avrei dovuto fare una scelta, un'altra scelta difficile. Mi si chiedeva un cambiamento radicale a cui io non ero preparata.

Mi sembrava che nulla fosse semplice, mi sarei dovuta recare in una terra dove usi, costumi, tradizioni, mentalità, erano radicalmente diversi.

Sara ed altre compagne erano felici per quello che mi stava accadendo mentre qualcuna di loro iniziò a prendermi in giro dimostrando esclusivamente un sentimento di invidia. L'aria era diventata irrespirabile, la situazione si stava facendo sempre più pesante e avrei da lì a poco dovuto abbandonare quel luogo, comunque fossero andate le cose.

Jack sarebbe partito ugualmente ed io avrei dovuto per sempre rinunciare a lui. Quest'interrogativo tormentava le mie lunghe notti insonni e intere giornate ma nessuno poteva aiutarmi. Era giunto il momento di dimostrare a me stessa di essere una vera donna, come spesso le siciliane sanno essere, assumendomi la responsabilità di tutte le mie azioni. Io, come le siciliane, avevo le spalle forti e larghe per portare il fardello della vita. Purtroppo non sempre la vita è benevola, ogni regalo è intriso di luci e ombre, di sorrisi e lacrime. Jack era molto sereno, tutte le volte che mi vedeva assorta nei miei pensieri era lì pronto a tranquillizzarmi, invitandomi a fare ciò che secondo me sarebbe stata la scelta più giusta e ciò che il mio cuore sentiva di fare. Onestamente, mi disse che la mia vita nella grande mela non sarebbe stata facile, probabilmente avrei potuto soffrire non solo per la lontananza dalla mia terra, ma anche per il contesto misterioso in cui mi sarei trovata. Non parlava mai del suo lavoro, anzi, cercava di svicolare dal discorso tutte le volte che facevo qualche domanda più precisa, tanto che le sue risposte erano volutamente evasive. Ciò mi lasciava molto pensare ed era forse l'ombra più pesante che influiva sulla mia decisione... Oramai ero completamente soggiogata dal suo fascino e da ciò che lui per me rappresentava. Ogni giorno che passava la sua determinazione diventava per me un punto di riferimento. Sempre più spesso si insinuava in me il sospetto che fosse legato ad ambienti poco chiari, in cui non capivo che ruolo potesse rivestire. Spesso mi chiedevo il perché della presenza di quei quattro uomini armati che lo seguivano ventiquattr'ore su ventiquattro. Ciò mi spaventava molto ma, tutte le volte che gli domandavo spiegazione, si mostrava sempre più evasivo, limitandosi a risposte generiche o cambiando argomento. Mi disse solamente che in America il momento era piuttosto difficile e che facendo il lavoro di esportazione era sicuramente molto a rischio.

Sara era felice, mi spingeva a partire con lui, anzi cercava di convincermi. Per rendermi la decisione meno pesante e per invogliarmi sempre più mi disse che se io le avessi mandato il biglietto, lei sarebbe venuta a trovarmi fermandosi per un po' di tempo.

I giorni passarono velocemente ed io non avevo deciso nulla, ma una notte, una di quelle invidiose pensò bene di farmi uno scherzo piuttosto pesante. Nel cuore della notte mentre regnava il più assoluto silenzio, nella camerata si sentiva soltanto russare e da lontano il muggito quasi sotto tono delle mucche chiuse con il chiavistello nella stalla. La ragazza invidiosa, perfidamente, in punta di piedi, scivolò fuori dal letto e cercando di non far cigolare i pioli della scala scese al piano terra. Entrò in cucina di soppiatto, accese l'arrugginito lume a gas e senza essere vista da alcuno si precipitò fuori dove nel bel mezzo dell'aia regnava in tutta la sua bellezza il pozzo. Appeso al vecchio pozzo su di un'asse in ferro arrugginito e legato ad una lunga catena che scorreva dentro ad una carrucola, c'era un catino in alluminio. Lei facendo in modo che non scivolasse riempì il bacile di gelida acqua e quando fu stracolmo pian piano a fatica rientrò in casa. Salì con difficoltà tutti i pioli della scala, e giungendo nella camerata, scavalcando vari paglierici cercò di avvicinarsi a me. Alcune sue amiche che avevano complottato insieme a lei cercavano di soffocare le risate, coprendosi la bocca con le coperte. Giunta in prossimità del mio giaciglio con gesto violento mi riversò l'acqua gelida addosso.

Saltai fuori dal letto bagnata fradicia. In quell'istante l'avrei uccisa, ma trovai la forza e la calma di dirle solamente: "Sei impazzita? Che gesto è questo?". Lei rispose con tono secco e arrogante, per nulla intimidita " Ti servirà a calmare i tuoi bollenti spiriti! Conosciamo la tua storia… cosa credi, prima ci rubi il lavoro, ci tratti come gente da saltimbanco e poi vieni a civettare per sottolineare la differenza tra noi povere e te finta povera! Vergognati!". Le sue amiche sottolinearono queste parole con una sonora risata. Io rimasi attonita e senza parole. Non avrei mai pensato che si potesse arrivare a tanto né che le mie scelte di vita potessero offendere fino a quel punto. Le altre si svegliarono di soprassalto, una dopo l'altra, chiedendosi cosa fosse successo. Tutte mi videro bagnata come un pulcino e si accorsero che il mio giaciglio era diventato un lago. Rigagnoli d'acqua scendevano lungo il pavimento, colando al piano inferiore. Sara scoppiò a piangere, si alzò dal suo giaciglio, urlando inveì contro lei e contro le sue amiche dicendo che era stato un gesto sciocco, da cui traspariva la cattiveria che può generarsi e nascondersi nell'essere umano dettata unicamente dall'invidia. Le luci della camerata si accesero e, destati dal loro sonno, salirono immediatamente il padrone, la moglie e anche Jack. "Cosa sta succedendo qui!" Tuonò il padrone. "Cosa sono tutte queste urla e schiamazzi... forse non siete abbastanza stanche? Forse il lavoro è troppo poco? Domani turno doppio per tutte!" Nel frattempo la moglie del padrone che era divenuta gentilissima e piena di premure nei miei confronti mi portò un grande telo con il quale mi avvolse e mi asciugò. Non avevo la forza di dire nulla. Sara raccontò l'accaduto. "Bene", disse ancora il padrone, accigliato come non mai e rivolto alla mondina, "se hai tanta voglia di scherzare questo non è il posto giusto per te. Raccogli tutti i tuoi stracci e vai nell'aia. Aspettami!" Quindi la ragazza a forza fu costretta a vestirsi e dopo aver radunato dentro la sua cassetta di legno le poche cose scese giù nell'aia dove trovò pronto un carro che alle luci dell'alba l'avrebbe condotta in paese per tornare a casa sua. Io non volevo che la punizione fosse così dura ma nonostante le mie preghiere e l'intervento di Jack, il padrone non volle sentir ragione. Questa secondo lui sarebbe stata una lezione utile per tutte. Giunse anche l'alba del fatidico giorno, in cui avrei dovuto decidere cosa fare. Sapevo che Jack avrebbe lasciato la cascina e si sarebbe preparato per partire. Il risveglio fu difficile e nonostante i ripetuti richiami delle mie compagne per farmi alzare non volevo prendere coscienza. All'improvviso venni scaraventata giù dal letto da Sara. Allora decisi di affidare al caso la mia decisione. Scendendo la scala giocai con la sorte, ogni scalino che scendevo ripetevo una filastrocca, "parto" e "non parto". L'ultimo piolo mi disse che sarei partita con lui e mi affidai al destino. Corsi da Jack, che stava ancora dormendo e gli sussurrai all'orecchio: "Amore, ho deciso: parto con te!". Lui con voce ancora impastata dal sonno mi rispose: "Ti amo. Cercherò di renderti una donna felice!".

Un lungo bacio sancì il nostro amore.

CAPITOLO IX

L'America era vista come il raggiungimento di un sogno, dove, secondo ciò che era nell'immaginario di ciascuno di noi, tutti potevano diventare ricchi e soprattutto si poteva godere di quella parola a me particolarmente cara, libertà. A tutti era permesso di essere finalmente liberi. Nei primi anni del Novecento la Sicilia dalla natura minacciosa e ricca di segni storici e resti di civiltà, ebbe a che fare con la miseria. Alcuni partivano per risolvere le situazioni finanziarie divenute insostenibili a causa dell'indebitamento. La tanta miseria non risparmiava nessuno, panettieri, "verdumai", "carnezzieri". Pochi altri, invece, partivano per lasciare l'intolleranza religiosa e potersi così insediare in una terra dove non esistevano impedimenti nell'esercizio del culto.

Era l'alba di una fresca mattina di marzo, quando io e Jack caricammo sul carretto i nostri bagagli. Vidi alcune delle ragazze che parlottavano tra loro non distanti da noi. Chiesi loro cosa stessero facendo e cosa stesse accadendo. Tutte insieme si avvicinarono e ciascuna di loro teneva tra le mani un oggetto che volevano donarmi per ricordo. Anna mi regalò uno scialletto di lana per le fredde serate a New York. Rosa una collanina in bachelite. Margherita un paio di scarpette da notte che sua mamma le aveva fatto con le sue abili mani ai ferri. Roberta una medaglietta arrugginita dove si scorgeva appena il volto del Cristo e porgendomela mi disse: "Ti porterà fortuna!". Francesca non aveva nulla, mi regalò un paio di mutande dove la madre per civetteria le aveva cucito del merletto. In ultimo la mia tanto amata Sara, sorella adottiva, volle assolutamente regalarmi il suo braccialetto che a sua volta aveva ricevuto dalla madrina in occasione della prima comunione. Io non volevo in quanto quel filo d'oro era tutto ciò che questa ragazzina aveva di prezioso. Rifiutai, ma lei non volle sentir ragione e sfilandoselo dal polso lo passò a me dicendomi: "Questo braccialetto ti farà sentire sempre più vicina a me". Scoppiai a piangere, questo pianto contagiò le mie amiche tanto da farci ritrovare strette in un unico abbraccio. L'emozione fu interrotta dal fischio del guardiano che come tutte le mattine ci dava la sveglia. Ci rimproverò dicendo che non era il momento dei pianti ma era preferibile muoversi perché le risaie non potevano attendere le nostre comodità. Con cattiveria ci ricordò che eravamo pagate per lavorare e non per lasciarci andare ai sentimentalismi. Le mie compagne urlarono di lasciarle in pace, che non erano schiave né di lui e neanche del padrone. Cercai di calmarle perché da lì a poco sarei partita, ma loro sarebbero rimaste ancora per un certo periodo di tempo. Ci salutammo con tutte, ci furono pianti e abbracci. Con coloro che si erano comportate stupidamente e con invidia, ci fu una semplice stretta di mano.

Scesi giù per le scala a pioli, quella scala che per tanti giorni aveva sopportato il mio salire e scendere ma quest'oggi sarebbe stata l'ultima volta. Mi appoggiai ad essa abbracciandola quasi a volerla carezzare, diedi uno sguardo tutt'intorno, il mio paglierriccio, la cassetta di Sara, il grembiule ancora bagnato… quanti ricordi non troppo amari riempivano i miei occhi! Raggiunsi il padrone che era lì sul piazzale insieme alla moglie, a Jack e agli scagnozzi. Jack mi abbracciò infondendomi coraggio e chiedendomi: "Sei pronta? Possiamo andare?". Dalla mia bocca non uscì alcun suono, solamente annuii con la testa. La moglie del padrone mi abbracciò, dicendomi che ero una brava ragazza e che lei era stata molto contenta di me, strinsi la mano al padrone e ci avviammo verso l'uscita dove il grande portone a botte per l'occasione era stato spalancato e dove ci attendeva un carretto dai sedili imbottiti, una damigiana d'acqua per dissetarci e un grande cesto con tante cose da mangiare che ci avrebbe sfamati durante il lungo viaggio. Un po' distanti da noi si sedettero i quattro scagnozzi, come di consueto armati, dandoci le spalle in modo tale da concedere a me e al mio uomo un po' d'intimità.

Baci e carezze ci accompagnarono lungo tutto il viaggio, mentre di tanto in tanto appoggiando la mia testa sul suo petto mi addormentavo e lui continuava a carezzare i miei capelli sussurrandomi dolcissime parole d'amore. Il viaggio, grazie al sonno ristoratore e a Jack che faceva di tutto per farmi stare comoda, pur essendo lungo, non fu così disagevole come il primo quando arrivai alla cascina. Il sole tramontò, i sentieri erano puri, illuminati solamente dalla lanterna appesa con un gancio di ferro ad una sponda del carretto. Faceva freddo, tanto freddo. Dentro ad una cassa c'erano due coperte in calda lana che la padrona non si era dimenticata a fornirci. Ci avvolgemmo in quelle morbide coperte e il carro diventò una stanza a cielo aperto dove le stelle luccicavano quasi ad indicarci la strada maestra. La luna tingeva di giallo i campi e faceva luccicare le foglioline degli ulivi come cosparse da pagliuzze d'argento. Passò anche la notte e all'alba di un nuovo giorno finalmente il carretto si fermò. Giunse alle nostre orecchie il fischio del treno, eravamo arrivati alla stazione. Scendemmo giù dal carretto, salutammo il cavalcante mentre gli scagnozzi caricavano le valigie sul treno diretto a Genova. Portai con me anche la mia cassetta di legno, non avevo voluto separarmi da lei in quanto rappresentava un momento della mia vita odiato ma anche amato. Tentennai a salire su quel treno. Un senso di nostalgia mi avvolse, mi sembrò di essere sul punto di tradire la mia terra e le mie origini. La furia di questi pensieri, che si accavallavano l'uno sull'altro come un circolo vizioso inconsapevole, fu rotto dalla voce di Jack: "Sei convinta, amore mio, di ciò che lasci? Sappi che ti porterò con me solamente se sei convinta, perché domani potresti odiarmi per tutta la vita. Ti farò questa domanda finché il treno non partirà. Con estremo dolore, accetterò anche un ripensamento all'ultimo minuto!".

Senza dire una parola con il piede sul predellino, salii uno dopo l'altro i tre scalini del treno. Prendemmo posto e le porte dopo pochi minuti si chiusero. Per la seconda volta, il fischio del capostazione diede il via libera al treno ed anche all'inizio della mia nuova vita.

Abbracciata al mio uomo guardavo fuori dal finestrino i numerosi fazzoletti bianchi che sventolavano in segno di saluto. Un'infinità di braccia sollevate al cielo simboleggiava un doloroso saluto, per alcuni era un arrivederci, per altri un addio. Tante madri, tante mogli e fidanzate si staccavano a fatica. Forse pochi tra quegli uomini sarebbero tornati in Italia. L'unica cosa che da quel momento in poi avrebbe tenuto vivo il ricordo della terra natia e della famiglia sarebbe stato l'odore dei pochi capi freschi di bucato che ciascuno di loro portava con sé nella misera valigia di cartone. Dentro alle pesanti borse c'era l'Italia: spaghetti, conserva di pomodoro, olive schiacciate ed altre cose che la famiglia con infinito amore aveva messo dentro i bagagli.

Mi colpì molto osservare l'amore di una anziana madre per il suo giovane ragazzo nel momento di un dolorosissimo addio. L'anziana donna si reggeva su un bastone, con la schiena curva, le gambe tremanti e tra le lacrime inviava baci continuamente al suo giovane figliolo che cercava di raggiungere la porta del treno. Nel momento in cui lui fu costretto a staccarsi da lei, la vecchietta trascinando le gambe secche per la magrezza e muovendo a fatica i piedi chiusi dentro delle informi ciabatte in tessuto marrone con la cerniera sul davanti, cercava inutilmente di corrergli dietro. Si affannava cercando di toccare per l'ultima volta la mano di suo figlio, mentre lui correva verso il treno e voltando continuamente la testa indietro, con il viso solcato dalle lacrime, diceva ad alta voce: "Mammina, stai tranquilla, te lo giuro, tornerò presto!". L'anziana madre annuiva silenziosamente e ad un certo punto la sua claudicante corsa venne fermata dal capostazione che la invitò a riprendere le forze, fermandosi e sedendosi su una panchina.

Il treno, sbuffando, iniziò la sua corsa. Dal finestrino guardavo ogni particolare del paesaggio, correvano davanti ai miei occhi i vari appezzamenti di terra, la piatta pianura e una distesa di pioppi che sembravano tanti soldati.

Il viaggio fu lungo, quasi interminabile, conobbi alcune persone che come noi si accingevano a lasciare la patria diretti verso nuove terre, verso nuovi mondi da scoprire. Molti portavano con loro un familiare o tutta la famiglia. Nei volti si leggeva da una parte la tristezza per quello che si era lasciato e dall'altra il sorriso per la speranza di una vita migliore.

Dopo interminabili ore di viaggio finalmente giungemmo a Genova. Il treno si fermò e si creò una grande confusione, perché ciascuno di noi cercava di tirar giù dall'abitacolo i propri bagagli. Le tante valigie di cartone erano lì, ammassate l'una vicino all'altra, tanto da impigliarsi. Alcune di esse erano legate con una tripla passata di spago. Ogni valigia era molto preziosa perché conteneva i sapori e gli odori della famiglia e tutti temevano di perderla per l'immane confusione. Gli uomini al servizio di Jack furono tra i primi a tirar fuori i nostri bagagli e come tanti mastini ci scortarono facendoci largo tra la folla così che in breve tempo arrivammo alla nave. L'imbarcazione si chiamava "Cedria". Vista dalla banchina sembrava un palazzo galleggiante. Lentamente la folla si accalcava nei pressi delle tante scalette per l'imbarco, erano tutti emigranti che arrivavano da ogni parte d'Italia. Era la prima volta che molti di loro vedevano il treno o la nave e persino il mare. Durante l'attesa si andavano formando gruppi divisi soprattutto per provenienza; sancivano tra loro patti per rimanere uniti sia durante il viaggio sia una volta scesi a terra e non perdersi mai di vista. Sembrava che solamente stando insieme tutto apparisse meno impossibile e soprattutto che riuscisse a placare la solitudine. Il problema più grande che ci accomunava e ci faceva intuire ancora di più l'isolamento che avremmo subito, era rappresentato dalla mancanza della conoscenza della lingua.

Mentre si aspettava che la nave salpasse dal porto, si erano riformate enormi montagne di bagagli, di sacche, di valigie d'ogni forma. La maggior parte degli emigranti reggeva in mano rotoli di materassi e di coperte; molti di loro erano scalzi e portavano le scarpe appese al collo. Nuovamente assistemmo a strazianti scene di saluti e di lunghi addii. Assistendo ancora una volta alle famiglie lacerate da penosi distacchi, mi resi conto che io non avevo amici, nessuno era venuto sulla banchina per salutarmi. Nessuna mano materna avrebbe rincorso la mia, nessun braccio paterno si sarebbe poggiato sulla mia spalla per infondermi coraggio. I miei genitori erano morti quando io ero ancora una bambinetta. Mi rimaneva solo la speranza di credere che forse dal cielo mi stavano guardando e proteggendo. Cercavo il riflesso del loro sguardo nella stella più luminosa del firmamento. "Vi prego" sussurravo "mandatemi un amorevole segno della vostra presenza... ditemi se sto facendo la scelta giusta!". E mentre una lacrima leggera solcava la mia guancia, vidi il bagliore luminoso di una stella cadente tuffarsi nella linea di confine tra il cielo e il mare.

Era notte fonda finalmente quando ci imbarcammo, nonostante la stanchezza mi trascinai a fatica sul ponte e fissai la banchina mentre la nave lentamente si allontanava scivolando sull'acqua e portandomi lontano, quasi a volermi strappare dalle mie radici. Nonostante il mio pianto lei pareva non curarsene, lasciando dietro di sé una scia di schiuma bianca che brillava alla luce della luna. Ferma sul ponte ero completamente avvolta dalla salsedine che si posava sui miei capelli. L'odore del mare penetrava nelle mie narici riportandomi gli odori e i profumi della mia terra e della mia infanzia. Piccoli schizzi di acqua marina mi bagnavano il viso e si univano mescolandosi alle lacrime salate. Jack si rintanò in cabina, i suoi uomini erano lì davanti alla sua porta mentre uno di loro scrutava ogni movimento senza invadenza, con molta discrezione. Cercavo di essere gentile ed affabile con questi uomini, ma loro non mi avevano mai rivolto la parola né un cenno di saluto. Sembravano continuamente assorti nel loro compito, tanto che anche con Jack parlavano solo lo stretto necessario. Non sembravano compagni di viaggio né colleghi di lavoro.

Rimasi a lungo ad osservare il cielo, era sereno, splendeva la luna e accanto ad essa due stelle luccicavano più delle altre, erano sicuramente i miei genitori che continuavano a farmi capire che loro erano lì, accanto a me. Mi lasciai andare ad una conversazione come se loro fossero vivi e potessero rispondermi.

Sopraffatta dal sonno e dalla stanchezza, diedi loro appuntamento per la sera seguente. Infatti, durante il viaggio andai quasi tutte le sere sul ponte per parlare con loro, avvolta dalla morbida coperta della notte. Sembrava che l'oceano ci avvicinasse cullandoci con il suono dolce delle onde. Nelle serate in cui non si poteva andare sul ponte, mi mancava tanto dare la buona notte alle mie due stelle. Allora andavo a letto molto triste ma Jack, sapeva sempre come consolarmi, coccolandomi come si fa con una bambina.

Durante questo faticosissimo viaggio, anche le cose più banali erano motivo di divertimento: la comparsa dell'arcobaleno con i suoi colori che sembravano usciti dalla tavolozza di un pittore o le meduse che affioravano leggere o le profonde notti stellate che inchiodavano i nostri sguardi alla volta celeste. Un pomeriggio, mentre il sole volgeva al tramonto, incrociammo un branco di delfini che destò l'interesse di tutti con festosi salti acrobatici. Anche i passeggeri della terza classe avrebbero desiderato salire sul ponte per godersi l'insolito spettacolo. Purtroppo venne loro impedito poiché non potevano entrare nelle aree adibite alla prima classe. Proprio durante questo momento percepii la netta sensazione di una marcata differenziazione sociale, che avevo già intravisto tra le mie mondine ma che avevo superato grazie all'amicizia, alla collaborazione e alla stima reciproca.

Una sera la nave dondolava eccessivamente, io e Jack, chiusi in cabina, cercavamo di sopportare il senso di nausea che stava diventando sempre più forte, tanto che non riuscivamo a reggerci in piedi e a mettere un passo dopo l'altro per uscire a vedere cosa stesse accadendo. Ad un tratto sentimmo all'altoparlante la voce del comandante che ci informava dell'arrivo di una tempesta e ci invitava a rimanere tranquilli. Inoltre ci rassicurò dicendo che il viaggio sarebbe proseguito senza alcun problema. Alla fine ci invitò solamente a restare nelle nostre cabine. Io mi annoiavo tremendamente e l'obbligo di restare chiusa in una stanza mi rendeva ancor più insofferente e irritabile. Cercando di non pensare alla nausea, dissi: "Non riesco più a stare chiusa in questo abitacolo, mi manca l'aria. E la nausea aumenta se resto sdraiata a letto… devo uscire. Vado fuori a respirare un po'. Stai qui tranquillo… se cado in mare qualcuno ti avviserà!" Jack mi guardò con occhi sornioni. "Se cadi in mare sarà l'occasione per liberarmi di te prima di averti portata a casa!" rispose con un sorriso ironico e pungente. Lo abbracciai ed uscii.

Da quando c'eravamo imbarcati avevo un pensiero fisso: conoscere la realtà della terza classe e cercare di capire chi potessero essere questi individui ai quali era stato negato anche un semplice spettacolo come quello dei delfini. Così, sgattaiolai per gli stretti meandri della nave e, scala dopo scala, scesi nelle viscere della nave. Mi davano il senso della profondità gli oblò che si aprivano come piccoli occhi ad ogni pianerottolo. Man mano che scendevo dagli oblò scompariva il cielo, sostituito da uno scagliarsi furioso di spruzzi d'acqua. Si sentiva il rombo dei tuoni che risuonava tra le lamiere tanto da far paura. Si insinuavano tra le onde e gli oblò lampi di luce che rendevano la discesa ancora più spettrale. Eravamo tutti quanti in balia dei flutti talmente alti che passavano da una parte all'altra della nave come a volerci travolgere. Era uno spettacolo terrorizzante!

Dalle stive saliva un puzzo di sudiciume che avvolgeva tutto quanto. La mia curiosità riusciva a superare persino la paura di trovarmi sola in luogo sconosciuto che non aveva nulla di rassicurante. Dopo aver percorso tutte le scale giunsi davanti ad una porta di ferro dall'aria tetra e pesante, malamente verniciata di grigio e scrostata. Senza esitazione l'aprii e ai miei occhi comparve uno spettacolo miserevole: un enorme stanzone tutto aperto e pieno di persone trasfigurate tanto da sembrare bestie stipate in batteria. Da una parte c'era gente sdraiata per terra che cercava di dormire, bambini con nasi pieni di moccio che piangevano disperati, gente ammassata che occupava ogni angolo, dall'altra persone che organizzavano giochi di squadra, di carte e altri passatempi. Non mancava nemmeno la musica, qualcuno tentava di suonare un'armonica stonata e qualcun'altro cercava di intonare un canto del proprio paese.

Vidi anche gruppi che si apprestavano ad un misero pasto. La maggior parte di loro mangiava zuppe di patate oppure di orzo sul pavimento sudicio oppure in piedi, facendo sforzi non indifferenti per rimanere in equilibrio. Lungo una parete dello stanzone, allineate c'erano delle cuccette in ferro, dove alcuni passeggeri senza forze erano abbandonati, distesi su questi letti. In un angolo un capannello di uomini giocando a carte litigava bestemmiando contro quel Dio che secondo loro si era dimenticato della loro esistenza. Litigavano sempre più aspramente, alzando la voce, finché non alzarono anche le mani. Un uomo tirò fuori dalla tasca un coltello a serramanico e cominciò a minacciare di morte il compagno di gioco e di viaggio. Immediatamente si formò un capannello intorno ai due. Qualcuno cercò coraggiosamente di separarli, ma venne respinto a male parole e, colpito al volto da un pugno, cadde a terra privo di sensi. Mi resi conto della violenza che può nascere dalla miseria e dalle difficoltà di una vita povera e senza mezzi. Vedendo quella scena ebbi una tale paura che richiusi frettolosamente sbattendo la porta e correndo a più non posso risalii tutte le scale a due a due, sentendo il cuore che arrivava in gola. Arrivata nel piano della prima classe mi fermai per riprendere fiato e in quel momento fui pervasa da un senso di impotenza e di debolezza per non aver potuto arginare tanta miseria e tanta sofferenza. Mi sentii una vigliacca anche per non aver avuto il coraggio di entrare e provare a separare quei due uomini accesi dall'ira. Mi sembrò di aver chiuso la porta alle mie spalle come in una fuga omertosa. Sudatissima e col fiatone, in fondo al corridoio vidi la mia cabina, la riconobbi dalla presenza di due dei quattro uomini che sostavano a far la guardia lì davanti, parlottando tra loro. Spalancai la porta e Jack si precipitò verso di me abbracciandomi e preoccupato, senza ironia, mi chiese dove fossi finita. Scoppiai a piangere tra le sue braccia, lui sempre più preoccupato cercò di consolarmi e volle sapere ciò che mi era successo. Gli raccontai ciò che avevo visto e lui con aria seria capì il mio turbamento e in silenzio mi abbracciò.

Le ore, i giorni, le settimane passavano lentamente e iniziavo a sognare l'arrivo. Ovunque volgessi lo sguardo non vedevo altro che un'immensa distesa d'acqua fino all'orizzonte.

Mentre la nave silenziosa solcava l'oceano e il colore azzurro del cielo si confondeva con il mare, guardavamo dall'oblò della nostra cabina la distesa azzurra quando ad un tratto ci ritrovammo abbracciati e Jack tenendomi stretta a sé mi chiese di fare l'amore. Non mi feci desiderare più di tanto, i suoi gesti, le sue attenzioni, il suo desiderio, il suo trasporto, la nostra passione vibravano dentro di noi come musica per violini.

Stanchi ma soprattutto rilassati dopo esserci amati come buoni amici iniziammo a chiacchierare liberi e senza maschere inibitorie. Gli chiesi di parlarmi della sua gioventù e soprattutto dei suoi genitori. Lessi nei suoi occhi il piacere di raccontarsi e capii dalle sue parole che la sua giovinezza era stata costellata da continue rinunce.

In quel momento di profonda intimità ebbi l'impressione di essere a casa e sentii che vivere questa avventura senza essermi posta alcuna domanda fosse come un riaffrontare una nuova vita.

CAPITOLO X

Tenendomi stretta a sé iniziò a parlarmi della sua vita: "Vuoi sapere proprio tutto di me? Sei sicura di essere così forte? Spesso il mio passato e il mio presente mi spaventano..." disse con un'aria malinconica. "Non temere. L'amore riesce a superare ogni difficoltà. Anche se tu mi dicessi, ora, che sei un assassino, io ti perdonerei e ti amerei lo stesso!". Il suo sguardo si rabbuiò e cominciò a parlare con tono grave e cadenzato: "Sono nato a Villa Carmine che è un piccolo paesino arroccato sul monte Afalo, uno dei monti più aspri della mia Sicilia, dove la nebbia è sempre presente e il freddo invernale è come un suo costante servitore. Il mio paese conserva possenti mura, la loro forma ricorda braccia serrate a scudi che continuamente si difendono contro invasori invisibili. Le pietre delle case sono di colore grigio, grezze, senza traccia di intonaco. Quasi tutte le fiancate sono sempre ombreggiate perché il sole difficilmente riesce a intrufolarsi nei cortili e nei vicoli. Tutto è silenzio a Villa Carmine. I rumori sono lenti, è come un paese magico e incantato, dove riesci ad ascoltare lo sbuffo di un animale, il canto perduto dei grilli e la gente ancora attende tutte le mattine il canto del gallo. Le contrade sono ricche di stalle e ricoveri. Questo paese conserva ancora gli antichi codici e le originarie tradizioni. A primavera il profumo dei mandorli in fiore va dal paese ai colli che si gettano a strapiombo sul mare, si sente ovunque una forte aria di misticismo e religiosità, infatti sotto l'arco principale al centro del paese è conservata un'edicola che reca all'interno l'effigie della Madonna ed accanto ad essa ci sono sempre accese le fiammelle di numerosi ceri votivi. La mia vera natura è contadina, ho sempre amato il biondo del grano, il vino che stilla dalle botti mentre le cantine si riempiono del profumo del mosto e conservo dentro di me la sapienza dei vignaioli". Si interruppe con un sospiro di riflessione e di ricordi. "Io non ho mai vissuto la campagna. Ero sempre relegata tra le stanze dorate del mio palazzo. A volte spiavo i pescatori che si affannavano al proprio lavoro, conducendo una vita molto semplice. Osservavo i loro figli che giocavano con poco e niente ma non dimenticherò mai le fragorose e cristalline risate. Ho invidiato la loro libertà. Rare volte mi sono recata in campagna e ho ammirato la bellezza della natura e la semplicità della vita campestre. Continua il tuo racconto, ti prego!" E lo guardai con aria di attesa. Continuò: "Ricordo questo mio piccolo paese, dove la vita si svolgeva nella piazza e il tempo veniva scandito dai rintocchi del campanile della chiesa. Mio padre nelle mattine d'inverno con il badile, a fatica, come un gatto privo di scheletro, riusciva a sgattaiolare fuori dalla finestra per spalare la neve che durante la notte aveva murato il piccolo uscio. Durante le mie scorribande trovavo sempre il modo di fermarmi ad osservare la fontana degli Angeli, dalla vasca circolare, ornata da quattro bambini in candido marmo bianco che tenevano tra le mani ghirlande di fiori. Degradava verso la strada con scalini e sedili in pietra. L'acqua, che scorreva gorgogliante, in estate donava freschezza agli anziani che sedevano sugli scalini intrecciando vari discorsi, fin quando il rintocco della campana della chiesa non li esortava a rientrare nelle misere e povere case. Mio padre, Antonino, era l'ultimo di nove figli, la sua famiglia era povera e la sua vita era stata sin da piccolo fatta di stenti, grandi sacrifici ed anche continue rinunce. Mia madre, Rosaria, faceva la moglie, però aiutava anche i suoi genitori a coltivare la terra. A quei tempi la vita in Sicilia era difficile. La terra veniva lavorata con le mani e con le gocce di sudore che imperlavano la fronte dei contadini. Questi uomini, piccoli eroi del quotidiano, con la schiena continuamente piegata, sotto il sole cocente o sotto la pioggia battente o esposti al freddo del maestrale erano sempre lì a lavorare. Si lavorava duramente, i soldi non erano abbastanza per poter comperare attrezzi, occorreva estirpare una alla volta le fitte erbacce che infestavano i terreni, lavoro necessario e difficile. So a cosa ti riferisci. Anche io durante la monda ho provato sul mio corpo queste fatiche. Le mie spalle si sono bruciate al sole e le mani si sono tagliate con i fili d'erba. Lui, sorridendo, riprese: "Tante volte ho visto mia madre con la falce in pugno che raccoglieva insieme ad altre donne e uomini il biondo grano coprendosi la testa con larghi cappelli di paglia. Mia mamma provvedeva anche a portare al pascolo le pecore dandosi il cambio con mio nonno. Alle prime luci dell'alba, lei si alzava, indossava il suo scialletto di lana rosa che si era fatta da sola. Tenendo tra le mani il lume a petrolio scendeva lungo la scala recandosi nella stalla per lavare e mungere le calde mammelle delle mucche che riuscivano a scaldare le sue violacee e gelide mani. La vedo ancora con la camicia da notte di flanella a fiorellini mentre munge. Il latte fumante profumava di erbe odorose e veniva raccolto dentro bidoni in alluminio. Con un lungo mestolo, poi, lei si adoperava a riempire fino al collo alcune bottiglie in vetro, caricandole su un carrettino e sistemandole una accanto all'altra, con religiosa precisione. Quando il carico era completo pedalando a fatica si inerpicava nelle ripide salite e pedalando girava per le strette vie del paese a distribuire, di casa in casa, il latte. Il suo arrivo era annunciato dal tintinnio continuo e incessante delle bottiglie che battevano l'una contro l'altra provocando e diffondendo un sopito rumore, che serviva anche da sveglia per la gente, mentre si vedeva che le luci delle case al suo passaggio si accendevano l'una dietro l'altra. Le donne infagottate nelle vestaglie o coprendosi dalla testa ai piedi con plaid, o infilandosi i cappotti in fretta sulla camicia da notte, si precipitavano giù dalle scale per ritirare le appannate bottiglie ancora tiepide mentre dalle loro bocche ad ogni minima frase usciva una piccola nuvola di fumo. Una volta rientrata in casa, dopo la consegna, i suoi lavori non finivano mai. Impastava la farina per fare il pane che veniva cotto ogni quindici giorni, badava alla pulizia della casa, cucinava e finalmente a sera quando aveva completato una serie infinita di lavori, si sedeva su una piccola seggiola dal fondo impagliato e finalmente poteva lasciare riposare le stanche gambe coperte sempre da pesanti calze di lana. Davanti a lei un piccolo braciere in terracotta pieno di calda cenere scaldava il suo corpo mentre le mani rimanevano sempre gonfic dai geloni che spesso le si aprivano e sanguinavano come fiori della passione. Rammendava, cuciva toppe su vecchie giacche dei vestiti da lavoro di mio padre. Mi torna in mente il paragone che facevo da bambino e tante volte dicevo a mio padre ingenuamente: "Papà sembri Arlecchino!", lui per nulla infastidito sorrideva, dandomi un affettuoso buffetto sulla guancia." Lo interruppi chiedendo se somigliava a suo padre e se negli anni aveva rivisto dei tratti simili nel suo carattere. "Mio padre", riprese, il vecchio buon Antonino, da tutti in paese chiamato Nino "u scarparu", era un uomo non di bell'aspetto, ma di un cuore grande. Il naso un tantino adunco, occhi piccoli e neri, di bassa statura, magro fin troppo a causa del poco cibo a disposizione. Tante volte per farmi mangiare un po' di più sia lui che mia madre, fingendo di aver lo stomaco pieno, passavano a me metà della loro minestra. Lui a questa misera condizione di vita, si era abituato e non si lamentava più. Al mattino quando il paese era ancora addormentato e il chiarore dell'alba cominciava a far impallidire le stelle, mio padre coprendosi con un vecchio cappotto marrone, andava fuori dalla casa a pompare a mano l'acqua che attraverso vari tubi entrava in casa ma non scorreva dai rubinetti, quindi occorreva riempire bidoni, la vasca da bagno, le bottiglie che sarebbero servite per lavarci, i vari catini e altri contenitori. Per lavarci vi era un treppiede in ferro battuto che al suo interno reggeva una bacinella mentre nel ripiano sottostante c'era sempre una brocca smaltata piena di gelida acqua. Tutte le volte che ci si lavava, il pavimento si bagnava, con mio padre dovevamo sorbirci le urla di mia madre che ci sgridava perché aveva da poco finito di pulire. Terminata la pulizia personale, indossava i suoi abiti da lavoro, il cappotto marrone infeltrito per troppi lavaggi e il suo adorato berretto di lana e, dando un bacio a mia madre e uno a me, usciva di casa. Alle volte correvo dietro i vetri della finestra per salutarlo, ma la nebbia rendeva difficile il vedersi ed io con le labbra incollate al vetro continuavo a mandargli baci, mentre con la mia piccola mano battevo su di esso per farmi sentire. Lui andava lentamente, passando sotto l'albero del carrubo dal legno rossastro e duro, mentre il campanile con la sua campana rotta e stonata batteva i rintocchi. Spesso vedevo mio padre ripararsi dal freddo sollevando il bavero del cappotto e se pioveva cercava di ripararsi sotto l'ombrello. Alle volte mi sembrava che fulmini e tuoni lo investissero, mentre l'acqua veniva giù a torrenti lui attraversava cortili silenziosi, archi e bevai, viuzze lastricate, fino a scomparire ai miei occhi. Nelle belle giornate le case lasciavano risplendere il grigiore dei muri. Mio padre con passo deciso raggiungeva via Carrubella, dove si trovava l'angusta bottega che con gli anni si faceva sempre più malconcia, perché in inverno l'umidità lasciava spazio alla muffa che tappezzava come velluto nero le pareti, emanando effluvi nauseabondi. Quell'unica stanza veniva rischiarata da una lampada che penzolava dalla trave e veniva giù con del filo bianco piatto reggendo un porta lampada anch'esso bianco, illuminava ben poco mentre una tenda a fiori appesa con delle anelle, cucita dalle sapienti mani di mia madre, nascondeva il gabinetto senza tavoletta. Quello spazio veniva illuminato al bisogno da una lampada a petrolio. Sul banchetto da lavoro di legno vi erano adagiati una serie di arnesi disordinatamente sparsi, i muri oltre alla muffa erano impregnati dagli odori più strani come la colla a blocchi che si scioglieva al calore della fiamma di un piccolo fornelletto e diventava sempre più liquida, così anche la pece che lui mescolava con un bastoncino di legno e che lasciava sciogliere fino a raggiungere una giusta consistenza. L'odore penetrante della colla e del cuoio erano talmente forti che avevano creato dei problemi di salute soprattutto ai suoi polmoni, provocandogli una continua tosse che lui poco curava. Poco distante dalla seggiola dove lui rimaneva seduto per moltissime ore al giorno coperto dal pesante grembiule in cuoio, mucchi di scarpe di ogni forma adagiate sul pavimento erano in attesa di essere riparate. Lui, assorto e concentrato, col suo martelletto e con piccoli chiodi continuava a battere metodicamente sulle forme di legno. Il suono metallico del martello si diffondeva per gli stretti vicoli del paesino. Alcuni anziani al pomeriggio dopo il riposo, scendevano in piazza e andavano da mio padre a fargli compagnia e per passare qualche ora in chiacchiere. Lui parlava con i suoi amici senza mai distogliere lo sguardo dal lavoro e, spesso sospirando, per consolarsi diceva: "Questo è ciò che passa il convento!". Le sue parole di rassegnazione rimbombano ancora oggi dentro le mie orecchie. Parole tristi, quelle di un uomo piegato ad un destino poco benevolo. Sin da bambino, giurai e promisi a me stesso che, diventando grande, avrei in qualunque modo cambiato la vita dei miei genitori. Alle volte esternavo a loro questo mio pensiero e mio padre prontamente mi diceva: "Ricordati figlio mio, possiamo perdere tutto, ma mai l'onestà! Quando sarai grande scoprirai che la cosa più importante alla sera sarà andare a letto senza preoccupazioni e non avere mai pensieri più grandi di te quando poggerai la testa sul cuscino. I soldi sono belli, ma non sono per noi, sono per la gente ricca, ricordatelo sempre! Non dimenticarlo mai!". Io annuivo come se avessi compreso, ma rimanevo sempre convinto che avrei fatto di tutto per riscattarci dalla miseria".

Lo guardai con tenerezza e vidi nei suoi occhi il bagliore dell'orgoglio e l'immenso affetto che trapariva dalle sue frasi. Dissi senza esitazione: "Sei stato fortunato ad avere un padre così saggio e capace di sacrificarsi per amore della famiglia. Io ho solo un vago ricordo dei miei genitori. Li vedo lì, nel cielo ma la loro presenza vicino a me è un ricordo annebbiato. Con me ho sempre avuto mia nonna che si è sostituita alla figura materna con immenso amore". Lui rispose: "Anche la mia anziana nonna, che tutti avevano sempre chiamato Titta, novantenne viveva insieme a noi. La ricordo sempre con il suo lungo abito nero fino alle caviglie e con le maniche lunghe fino ai polsi sia d'estate che d'inverno, quest'abito per lei non aveva stagione. In testa teneva sempre un fazzoletto nero annodato con doppio nodo sotto la gola, i radi capelli bianchi raccolti a crocchia sulla nuca mettevano in risalto il viso scarno, senza più colore e con tante rughe quasi come una maschera raggrinzita. Rimaneva lì, in un angolo della cucina seduta su di una bassa seggiola impagliata sulla quale era stato preventivamente poggiato un morbido cuscino a fiori rosa, blu e verdi, ricavato da pezzetti di lana lavorata da mia madre nei pochi ritagli di tempo. La mia amata nonna non faceva più nulla in quanto le forze non glielo permettevano più, teneva sempre tra le mani un rosario che recitava per chissà quante volte al giorno. Il suo unico passatempo oramai era percorrere circa dieci passi. Tutta la giornata la trascorreva silenziosa, assorta in chissà quali pensieri o ricordi del passato. L'unica cosa che chiedeva era di darle da bere in quanto le sue mani tremanti non le permettevano di dissetarsi ed io ad ogni sua richiesta correvo subito ad aiutarla. In quei pochi inverni che le erano rimasti per stare con noi, si scaldava rimanendo con le mani quasi attaccate alla "tannura", il focolare in pietra che i poveri avevano in casa. Il nostro spazio era molto piccolo, infatti il vano sotto la cucina era riservato alla legna o alle galline. Nel soppalco, il cosiddetto "u sularu", dormivo io, ma dovevo fare bene attenzione a non saltare perché rischiavo di farmi male battendo la testa. Frequentavo con assiduità la scuola elementare del paese, il mio carattere forte e deciso mi induceva alle volte a venire alle mani con i miei compagni e solitamente la meglio ce l'avevo io. La maestra, stanca del mio comportamento da prepotente, spesso si sentiva costretta a chiamare mio padre per raccontargli ciò che combinavo e per informarlo della mia poca voglia di studiare. Mio padre, uomo pacifico e mite, tutte le volte andava via da scuola mortificato per le cose negative che la maestra gli raccontava ed era costretto a chiedere sempre scusa anche per me. Quando tornava a casa mi sgridava infuriato e mi mandava a letto senza cena. Per rabbia scortecciavo ancora di più il mio letto già piuttosto mal ridotto e giocavo a chiudere e riaprire il cassetto del comodino che ad ogni piccolo movimento faceva traballare "u rinale" che serviva per i bisogni notturni dal momento che non esisteva il bagno in casa. La sofferenza maggiore per me era sentire il buon odore del brodo di cui ero ghiotto e non vedere arrivare nessuno dei miei che per castigo non me lo portavano su in camera, nonostante i miei pianti. Mio padre e mia madre rimanevano insensibili e mi lasciavano digiuno fino all'indomani. Io odiavo quella maestra perché per colpa sua, mi faceva litigare con i miei genitori e per più di una volta mi aveva fatto rimanere senza cena. Decisi che prima o poi mi sarei vendicato di lei. Una mattina, lei di buon'ora, portò un paio di scarpe a risuolare da mio padre, lui l'accolse con tutti gli onori, la fece accomodare, chiacchierarono finché lei andò via dicendo che all'indomani sarebbe tornata per ritirare le scarpe. Mio padre appoggiò sullo scaffale più pulito della bottega le scarpe della signora maestra ripromettendosi di lavorarci all'indomani. Io ero lì a far compagnia al mio papà ma meditavo la mia vendetta…

Dopo circa mezz'ora mio padre che era un grande fumatore di sigarette mi lasciò solo in bottega per fare un salto in tabaccheria. Io piccolo delinquente, basso di statura per la mia età, un tantino robusto, trascinai un vecchio sgabello sotto alla mensola per cercare di tirar giù con molta fatica le scarpe della maestra, quando le ebbi prese, con il trincetto, tagliai la pelle facendone tante striscioline rischiando anche di ferirmi. Ma era tanta la rabbia che le ridussi in mille pezzi. Ebbi appena il tempo di nascondere i resti della malefatta sotto pile di vecchi tacchi e suole, le seppellii ben bene e attesi come nulla fosse il ritorno di mio padre. Quando rientrò, mi chiese se si era visto qualcuno, risposi di no, nel frattempo il rintocco della campana segnava l'ora tarda, mio padre mi aiutò ad indossare il cappotto, il berretto e la sciarpa, vestendosi insieme a me e uscimmo dalla bottega per tornare a casa. Faceva molto freddo, le strade erano solitarie, qualche gatto affamato miagolava accanto ad un contenitore di immondizia frugandovi dentro, il latrato dei cani si diffondeva da una via all'altra. La fioca luce dei lampioni unitamente al filtrare della luce proveniente dagli scuri chiusi illuminava le strette vie, l'unica a farci compagnia era la luna. Tenendoci per mano i nostri passi erano frettolosi e provocavano un calpestio sul lastricato mentre di tanto in tanto come in un gioco, dovevamo saltare le pozzanghere d'acqua lungo il nostro percorso. Finalmente, apparve la mia casa, appena entrati mia madre aveva già preparate in tavola delle fumanti tazze di brodo caldo mentre in centro un piatto ricolmo di pezzetti di pane fritto che a cucchiaiate gettavamo nel brodo e lasciavamo che si inzuppassero bene. Dopo cena il rimorso per quello che avevo fatto e le conseguenze del mio gesto che si sarebbero ritorte su mio padre, non mi davano pace. Una profonda tristezza s'impossessò di me. I miei genitori vedendomi in quello stato e così abbattuto, pensarono che il brodo mi avesse fatto male oppure che avevo preso del gran freddo. Mi accompagnarono a letto, mi rimboccarono le coperte e infine mi diedero il bacio della buona notte, ma prima di spegnere la luce mi dissero che l'indomani non sarei andato a scuola. In un altro momento sicuramente avrei fatto salti di gioia, felice di rimanere in casa, ma sentendomi talmente in colpa mi abbracciai al cuscino e piansi per quasi tutta la notte. Papà e mamma mi avevano detto che sarei rimasto in casa ma che non dovevo assolutamente uscire. All'indomani quando i miei uscendo chiusero la porta, anch'io mi precipitai fuori casa e come un gatto cercavo di nascondermi dietro i bidoni di immondizia o dietro agli alberi, oppure tra una rientranza e l'altra per non essere visto da nessuno degli abitanti del paese, altrimenti qualcuno avrebbe informato mio padre. Giunto alla bottega, lo vidi intento a sciogliere la colla, mi nascosi per delle ore dietro un muretto aspettando che arrivasse la maestra a ritirare le scarpe. Ad un certo momento vidi mio padre che andava avanti e indietro rovistando dappertutto, sicuramente stava cercando le scarpe e non riusciva a trovarle, il cuore mi batteva talmente forte da sentirlo in gola, avevo tanta paura. Finalmente giunse la maestra, mio padre gesticolava nervosamente mentre lei inveiva contro di lui, si animavano sempre più, finché tutti e due si misero a cercare fra i vecchi cumuli di suole e tacchi. Lei ad un certo momento tirò fuori due suole e tanti pezzetti di tomaia appartenenti alle sue scarpe. Si mise ad urlare come un ossessa, diceva: “Lei ha un figlio delinquente! Dovrebbe portarlo in un riformatorio, non lo denuncio perché so che lei è una brava persona, ma deve restituirmi fino all’ultimo danaro perché queste scarpe mi sono costate metà dello stipendio.” Mio padre era lì silenzioso, con la testa bassa riuscì soltanto a chiedere scusa. Purtroppo questo episodio per colpa mia, ebbe delle serie conseguenze economiche. Per un lungo periodo sulla nostra tavola non si mangiò altro che pan cotto sia a pranzo che a cena. I miei genitori stanchi di certi miei comportamenti decisero di portarmi a Palermo in collegio, fecero tutte le pratiche e le porte del San Maurizio si aprirono per me e ne uscii solamente alla maggiore età. I primi tempi, furono molto duri mi mancavano la mia mamma e mio papà. Il tempo passava in fretta ed io crescevo in quell’ambiente difficile dove continuamente dovevo difendermi perché avevo a che fare con ragazzini che erano stati raccolti in strada. Con alcuni di loro cercai di intessere dei rapporti d’amicizia, anche in collegio avevo la mia piccola banda, ci facevamo rispettare ed eravamo considerati i più forti. Spesso venivamo alle mani ma gli altri ragazzi dovevano piegarsi al nostro volere. Avevamo istituito un nostro codice con precise regole, chi sgarrava pagava anche con punizioni corporali pesanti. Un giorno io e il mio amico più fidato, Massimo, fummo chiamati dal preside perché avevamo pestato a sangue un ragazzo che non aveva eseguito ciò che noi gli avevamo imposto di fare. Il preside ci chiese se eravamo stati noi, negammo con arroganza e negarono anche tutti gli altri ragazzi ai quali il preside aveva chiesto. Il silenzio, quindi l’omertà, era la prima regola del nostro codice.

Di tanto in tanto i miei genitori venivano a trovarmi ma ripartivano dopo poche ore. Compiuti 18 anni finalmente le porte del collegio si aprirono davanti a me, feci subito ritorno a casa ma solo per pochi giorni. In paese tutti mi guardavano e confabulavano tra loro perché mi avevano subito bollato come prepotente e delinquente. Tutti avevano compassione dei miei genitori e si chiedevano come da due persone così oneste fosse cresciuto un figlio senza regole come me. Questi atteggiamenti paesani mi infastidivano, i miei non meritavano compassione, per questo decisi di ripartire. Scrissi al mio amico Massimo se poteva ospitarmi per un periodo a casa sua, lui prontamente mi rispose che era ben felice e mi aspettava. Prima di partire dissi ai miei che il mio amico Massimo, che loro non conoscevano tranne che per sentito dire, era riuscito a trovarmi un lavoro da fornaio presso la panetteria di suo zio. Appresa questa notizia i miei furono contenti perché sembrava loro che stessi mettendo la testa a posto. Mio padre iniziò la sua solita litania sull'onestà che era da sempre stata la sua base di vita e che dovevo mantenermi sempre un ragazzo educato, onesto, rispettoso. Io purtroppo non ero il figlio che lui avrebbe desiderato che io fossi e se gli avessi raccontato che mi trasferivo a Palermo, andando a vivere con uno più scapestrato di me, certamente lui e mia madre sarebbero morti di dolore. Giunse il giorno della partenza, mio padre quella mattina non andò in bottega ma, insieme a mia madre, mi accompagnò in stazione. Piangendo ci abbracciammo ed io in quel momento avrei voluto essere ciò che non ero, solo per farli felici. Pensavo a questi miei vecchi che avevano fatto mille sacrifici per me. Ebbi un attimo di ripensamento, ma durò solamente un istante, il capostazione con il suo fischietto diede il via al treno e sventolando le braccia all'aria vedevo le figure dei miei genitori diventare sempre più piccole fino a scomparire. Il viaggio fu lungo e monotono, durò un'intera giornata finché all'alba giunsi a Palermo. Alla stazione, quando il treno si fermò, trovai Massimo ad aspettarmi. Ci abbracciammo e subito mi aiutò a portare i bagagli fino alla sua macchina. Mi aspettavo di vedere una vecchia auto, invece trovai una berlina tutta cromata, una Giulietta nuova fiammante. Gli chiesi come avesse fatto a comprarsi quell'auto e lui mi rispose: "Capirai! Capirai presto!".

Dopo aver percorso lunghe strade entrammo in una stretta via, tanto stretta che la macchina quasi strisciava tra i muri. Saracinesche aperte fungevano da negozi di frutta e verdura, appoggiati su lerci banchetti si vendeva di tutto, i colori erano i più svariati, dal rosso dei peperoni maturi, al giallo dei limoni, al violaceo delle melanzane grosse come teste di bambini. Dai banchetti sventolavano le foglioline del verdissimo basilico e di tante altre erbe aromatiche. Tutto dava colore all'ambiente, anche il parlare delle persone si mescolava "all'abbanniata". Le lenzuola candide penzolavano dai fili dei balconi, le ringhiere erano straripanti di fioriti vasi di gerani. Tanti uomini dalle grigie coppole, mentre parlavano, lasciavano consumare tra le dita la sigaretta. Scorsi in un angolo un tizio seduto dietro ad un banchetto che vendeva sigarette di contrabbando e ad ogni piccolo segnale effettuato dai compari scappava via frettolosamente senza lasciare alcuna traccia di sé. Arrivammo in una piazza dove un gruppo di ragazzini, che non frequentava la scuola, corse a raccogliere il pallone e si spostò immediatamente cercando di farci passare. Alcuni di loro innervositi sputarono sull'auto e ci rivolsero dei sonori insulti. Rimasi meravigliato da tale atteggiamento e rivolgendomi a Massimo chiesi: "Ma qui è così? Dove siamo?". Lui perentorio mi rispose: "Coraggio! Qui la realtà è ben diversa da quella paesana dove hai sempre vissuto tu. Qui non esistono le regole della povera onestà di tuo padre… impara da quello che vedi se vuoi sopravvivere… altrimenti riprendi il treno e torna a casa tua". Un sorriso stentato da parte mia chiuse questo momento di difficoltà. Capii che in quel luogo e soprattutto in quel quartiere la vita era ben diversa da quella che avevo vissuto, per me, nato in un paese di montagna. Mi resi conto che gli insegnamenti di mio padre non sarebbero più valsi a nulla. Da quel momento avrei scritto sulle pagine bianche di un nuovo libro.

La macchina arrestò il motore in via Napoli al civico a/a. Si aprì ai miei occhi un grande caseggiato circondato da ringhiere come le sbarre di un carcere. Il palazzo era antistante ad una piazza al centro della quale vi era una fontana con due scimmie. Le statue erano usurate e malandate, dalle loro bocche non zampillava nulla. I muri dei palazzi erano completamente ricoperti da scritte con grafia incerta di chi non aveva frequentato abbastanza la scuola. Frasi volgari, disegni, sudiciume erano le decorazioni di muri grigi e ammuffiti, coronati da grandi chiazze di umidità. Il rumore del motore dell'auto destò l'interesse degli abitanti del palazzo e in pochi istanti le grigie inferriate si colorarono con i colori più disparati delle vesti della gente che vi abitava. Tutti erano incuriositi e cercavano di capire chi stesse arrivando in compagnia di Massimo.

La comunicazione di coloro che si trovavano sui balconi e Massimo avveniva urlando di balcone in balcone. Un'anziana signora chiese: "Que, chissù?". Massimo rispose: "Za Cuncittina, un si scantassi, tranquilla. Chistu è comi si fussi me frati!". Un'altra signora dal piano sottostante con i bigodini in testa e una vestaglietta senza maniche urlò per farsi sentire: “Massimo, beddu meo, ni putemu fidari?”. E Massimo rispose: “Za Rosa, chistu si chiama Gioacchino, tutti u chiamano Jaco, è comu unu di niautri, veni di un paisi luntanu e vinni pi tenimi cumpagnia”. La vecchia signora prontamente mostrando un grande sorriso: “Si lu rici tu ci criu, acchianati, acchianati chi vi preparu na tazza ri cafè”. Io e Massimo rispondemmo: “Grazie signura, sta matina già n’avemu pigghiatu quattru e un vulissimu addivintari nirvusi, sarà pi n’atra vota”. Massimo mi spiegò che questo invito voleva significare che mi accettavano ad entrare a far parte della loro comunità, fatta di omertà, espedienti e di loro personalissimi codici. Il vocio tra di loro era tutto inerente al mio arrivo, le voci si confondevano alle urla e alle risate dei bambini che giocavano in piazza unico luogo possibile per correre un po’ liberi. Alcuni inseguivano una palla disputando una partita di calcio, altri giocavano a “quadratu”, altri ad “ammucciareddu”, altri ancora a “palla prigioniera” oppure a “tocca ferro”.

Il furto, le piccole rapine, il contrabbando erano pane giornaliero per tutti. Le fabbriche purtroppo licenziavano, mentre la malavita assumeva. Le famiglie spesso erano braccate dai creditori e tante volte subivano ricatti, umiliazioni, soprusi. Ciò spingeva a diventare dei fuorilegge quindi anche gente onesta diventava disonesta. I primi tempi abituarmi a quella vita fu notevolmente dura ma quando capii che se fossi diventato un piccolo capo la vita avrebbe iniziato a sorridermi, cominciai a sentirmi forte. Fu l’alba di un nuovo percorso di vita. Eravamo tutti come un’unica famiglia, si rubava, si spacciava e il ricavato veniva diviso tra tutti. Spesse volte mi ritrovai con in mano un coltello, in seguito diventò una pistola. Mi sentivo a mio agio più di quanto non sperassi, tanto che divenni un piccolo boss. Facevano capo a me un gruppetto di fedeli delinquenti che ubbidivano ai miei ordini ma che soprattutto dovevano portarmi rispetto. Da quel momento mi dedicai al contrabbando di alcol, sigarette e ai piccoli furti. Passai cinque anni in questo modo, in cui la legge la facevamo noi. Con Massimo i rapporti erano buoni anche se alle volte entravamo in conflitto per un colpo, magari non andato a buon fine, oppure per futili motivi ma eravamo talmente amici che dopo ogni discussione, più o meno agitata, ci si stringeva la mano e si ripartiva nuovamente come nulla fosse avvenuto.

In questo quartiere la gente poltriva a letto la mattina fino a tardi, in quanto nessuno o quasi andava a lavorare. Molte volte mi capitava di pensare a mio padre, pover'uomo, quando alle prime luci dell'alba e al canto del gallo lui e mia madre erano già pronti per iniziare una nuova giornata, fatta sicuramente di grandi sacrifici. Per i miei vecchi le giornate erano tutte uguali, non un cinema, non una passeggiata, niente svaghi. Alla domenica mio padre si fermava al bar a chiacchierare con gli anziani lavoratori come lui e di tanto in tanto si faceva qualche partita a briscola mentre mia madre andava a messa e l'unico suo passatempo era scambiare qualche parola con le signore del paese, lavoratrici come lei. Di me non sapevano nulla. Fingevo di fare il fornaio e scrivevo notizie inventate nelle lunghe lettere che spedivo puntualmente ogni quindici giorni per rassicurarli. Mi rendevo sempre più conto che le parole della maestra erano state una fatale premonizione…

Ma ad un certo momento la mia vita ebbe una svolta. Un giorno di Novembre, verso le otto del mattino, quando nel quartiere vi era uno spettrale silenzio, rotto da qualche sciacquone dei bagni comuni, io e Massimo ricevemmo una visita inaspettata. Nessuna finestra era ancora illuminata, solamente la mia, in quanto quella notte non so per quale motivo non ero riuscito a chiudere occhio, sentivo dentro di me come se stesse per accadermi qualcosa. Un presagio sin dalla sera prima aveva disturbato il mio sonno. Qualcosa mi spaventava e mentre pensavo e ripensavo a cosa potesse essere, la caffettiera gorgogliava ed emanava un rassicurante profumo. Versai, distrattamente, nella tazza il caffè, il suo aroma mi arrivava alla mente. Bevvi il primo sorso ma era talmente bollente che mi scottai le labbra. Giorni addietro avevo sentito vociferare per i vicoli del quartiere dell'arrivo di un boss, un uomo molto importante, ma non avevo capito di chi parlassero. Molti dicevano che veniva dall'America in visita turistica per vedere le bellezze della Sicilia.

Dentro di me pensavo che mi sarebbe piaciuto molto conoscerlo visto che sin da bambino la vita dei gangster mi aveva sempre affascinato.

Massimo continuava pacificamente a dormire. Ad un certo punto nella piazza accanto alla secca fontana, si fermò una limousine bianca con i vetri neri che lasciavano intravedere solamente l'autista. Un vociare sommesso della gente che era uscita fuori dai ballatoi, destò la mia curiosità. In tutta fretta svegliai Massimo, ci vestimmo, ma non facemmo in tempo ad infilarci le scarpe che sentimmo bussare alla porta d'ingresso. Fummo percorsi da un brivido di terrore in quanto non capivamo cosa stesse succedendo o che cosa terribile avessimo commesso… forse avevamo toccato qualche intoccabile… e mi ricordai del mio indefinito presagio.

Mille pensieri in quei pochi attimi affollarono le nostre menti, lo scampanellio era continuo e aumentava la tensione. Guardammo dallo spioncino e vedemmo che fuori c'erano due uomini vestiti di nero dalla testa ai piedi, persino i loro occhiali erano neri, e impugnavano le pistole. Facendoci coraggio, aprimmo la porta pronti a fare fuoco ma con un balzo senza darci il tempo di renderci conto, questi uomini ci disarmarono rassicurandoci che non ci sarebbe successo nulla. Dissero che all'interno della macchina c'era qualcuno che voleva parlare con me. Massimo si stava precipitando giù, ma i due uomini lo fermarono e lo costrinsero a rimanere in casa. Mi fecero scendere frettolosamente. Lungo le scale il cuore mi batteva. Giunto davanti all'auto, domandai chi ci fosse lì dentro ma non mi fu data alcuna risposta. Mi bendarono e aprendo la portiera con il calcio del fucile mi spintonarono dentro l'auto urlandomi in faccia: "Poche domande, sali!".

In quell'istante per la prima volta nella mia vita malavitosa ebbi paura, non sapevo cosa mi sarebbe capitato da quel momento in avanti. L'auto schizzò via a gran velocità. Io con la benda sugli occhi non riuscivo a vedere niente, sentivo solamente il rumore del motore e l'odore sgradevole del tabacco di sigari che giungeva alle mie narici talmente forte da provocare gli attacchi di tosse e non meno sensazione di vomito. Gli altri passeggeri si rivolgevano a me con tono provocatorio: "Ma sei così delicato? Solo le femminucce si comportano come te!". E giù una risata dopo l'altra. Ad un certo momento nell'abitacolo cadde un silenzio tombale, nessuno rispondeva alle mie numerose domande. Chiesi più volte dove mi stessero portando e nessuno rispose. Chiesi cosa volessero da me, ma non ottenni risposta. Finché, innervosito e teso urlai in dialetto: "Lassatimi iri, cu siti? Cu vi canusci? Lassatimi pi strada chi mi ni tornu sulu!". Seccati mi urlarono di contro: "Rumpisti i cughiuna! Zittiti e un fari u picciriddu! Mi pari n'a fimminedda!!!".

Mi resi conto a quel punto che la mia vita era davvero in pericolo. Finalmente dopo circa due ore, che per me furono un'eternità, e dopo una serie di sballottamenti capii che ci stavamo addentrando in viottoli di campagna. L'auto si fermò e il motore si spense. Mi aprirono la portiera e mi intimarono di scendere, mi tolsero la benda che mi aveva tenuto cieco per tutto il viaggio. Feci fatica a guardare la luce che mi colpiva gli occhi abbagliandomi. Ci volle qualche secondo prima che la vista tornasse alla normalità. Mi fecero sedere su una seggiola ad aspettare. Riconobbi l'aia di una masseria, davanti a me una cascina dalle pareti in calce bianca, trasandata e abbandonata. Davanti a quello che doveva essere l'uscio principale c'erano ammucchiati attrezzi agricoli in abbandono e pezzi di ferro informi completamente arrugginiti. Alzando lo sguardo verso l'orizzonte, vidi infinite distese di terreni coltivati. Le vigne andavano perdendosi fino ad infilarsi in una stretta gola tra due pendii montuosi. Il territorio era attraversato dal corso di un fiume, un piccolo ponte, in lontananza, congiungeva le due rive mentre non molto distanti da noi scorsi alcuni caseggiati. Altre cascine erano sparse lungo i costoni rocciosi delle montagne vicine. Intravedevo pezzi di cielo e un groviglio di stradine sterrate. Solamente la strada che ci aveva condotto a questa casa correva diritta, dividendosi ad un certo punto in tanti piccoli viottoli.

Due uomini davanti a me, rimanevano immobili, uno era seduto a cavalcioni su un muretto mentre l'altro, appoggiato alla parete della cascina con le braccia incrociate, si reggeva su una sola gamba appoggiando l'altra al muro. Avevano tutti e due capelli lunghi e neri, folti baffi, nella fondina la pistola. Al petto portavano luccicanti collane d'oro che al sole sembravano ancora più lucide. Alcune galline andavano razzolando anche davanti ai miei piedi. Il tempo di attesa non passava mai, l'unico modo per distrarmi era guardare tutto ciò che in quel momento mi circondava. Davanti al portone d'ingresso alla casa, una lunga catena impediva libertà di movimento ad un ringhioso cane che abbaiava continuamente ed era talmente rabbioso che dalla sua bocca scendevano rigagnoli filamentosi di bava gocciolando continuamente sul terreno secco. In lontananza i contadini erano come puntini colorati piegati su se stessi e intenti al lavoro della terra. Da uno dei viottoli giunse un giovane che teneva tra le mani una lunga corda e al suono di un campanaccio portava al pascolo una mucca rinsecchita. Nessuno di quegli uomini lo aveva salutato mentre lui con gli occhi bassi aveva sollevato la coppola in segno di saluto, mestamente proseguì sulla sua strada senza voltarsi indietro. Tutta la vallata era cupa, il cielo grigiastro percorso da nuvole minacciose sembrava quasi voler simboleggiare il mio presente, il totale sconforto e non meno la mia paura per la situazione inusuale e per questo ambiente malinconico, greve e pericoloso che mi circondava. L'atmosfera agreste e la sensazione del pericolo imminente mi fecero pensare alla mia famiglia, al mio paese, quasi ad averne nostalgia.

Forse fino ad allora non avevo mai preso coscienza veramente dei rischi legati ad una vita da strada, forse avevo giocato, forse mi ero lasciato prendere dal senso di avventura e di rischio, ma adesso non era più un gioco, oramai era una realtà, una realtà vera e più grande di me.

Le piccole finestre verdi della casa erano chiuse, le imposte sconnesse ma difese da inferriate, altri quattro uomini erano sdraiati su una collinetta creata da tanto fieno odoroso, stavano lì con gli occhi fissi alla campagna badando a tenere bassa la voce. Mi sembrò di aver atteso per circa un'ora, ma il trascorrere del tempo era diventato incontrollabile e insopportabile. L'ansia era resa più forte dal fatto che non sapevo chi avrei dovuto incontrare. L'attesa fu rotta dall'arrivo di un uomo armato di fucile a canne mozze. Uscì dal casolare intimandomi di seguirlo e dicendomi: "Camina, camina! Voscienza ti sta aspittannu!".

Percorremmo uno stretto sentierino che girava intorno alla cascina, delimitato da radi e secchi ciuffi d'erba. Camminando cercavo di scansare gli escrementi maleodoranti che cuocevano al sole coperti completamente da mosche ronzanti. Sul retro del caseggiato, seduto su una vecchia poltrona che si riparava dai pallidi raggi del sole, sotto un albero d'ulivo c'era "Voscienza", il boss. Accanto alla poltrona era stata sistemata una vecchia tavola con intorno parecchie sedie e al centro una bottiglia e un bicchiere trasparente di vino rosso frizzante. Dava un tocco di colore un piatto ricolmo di verdi fichi e fichi d'India rossi e gialli. Mi avvicinai e Voscienza rimase seduto. Mi sentivo in imbarazzo e a disagio, mentre avvertivo dentro me un misto di sensazioni che andavano dalla paura all'incredulità. Avevo intuito l'importanza di questo incontro, che forse avrebbe cambiato la mia vita e lentamente il terrore si stava diradando lasciando spazio alla soddisfazione di essere stato il "prescelto". L'uomo mi impose con voce autoritaria di sedermi, mentre lui si alzò lentamente per parlare con uno dei suoi uomini. Ogni gesto di quell'uomo appariva come il compimento di un rituale sacro. Mentre parlava con i suoi uomini, ebbi l'opportunità di osservarlo a lungo.

Indossava un vestito grigio, gessato con panciotto, camicia bianca dal colletto rigido, i polsini chiusi da gemelli in oro massiccio. Non mi sfuggirono le enormi e possenti mani. Era un uomo alto, robusto, con spalle larghe. Il suo viso aveva forma ovale e la carnagione bruna lasciava notare le numerose rughe che aveva sulla fronte. I suoi occhi erano neri e profondi, i capelli bianchi e corti incorniciavano il volto. I denti erano completamente gialli per la troppa nicotina. Si proteggeva con un vecchio cappello. Non era molto anziano, avrà avuto circa sessant'anni. Appariva cortese e affabile con i suoi uomini ma notai che andava soggetto a sfoghi improvvisi di collera, che sfumavano in breve tempo. Quando tornò a sedere avvertii la forte sicurezza che traspariva dalla postura, eretta e statuaria. Se ne stava lì immobile davanti a me, fermo ad osservarmi, in silenzio. Poi, con la mano sinistra prese una cartina bianca di forma rettangolare, tirò fuori dalla tasca una scatolina contenente tabacco e facendo scorrere le dita sui palmi delle mani, la cartina avvolse completamente il tabacco, allora con religiosa serietà avvicinò la sigaretta alla bocca e inumidì di saliva con le labbra il bordo della cartina per sigillarla. Quell'odore, per molti sgradevole, attraeva invece le mie narici. Il fumo formava cerchi concentrici e nascondeva parzialmente il suo viso. Io continuavo a sentirmi in imbarazzo davanti a don Vitino. Non sapevo cosa fare e non sapevo cosa dire, ero come paralizzato. La sua presenza fisica incuteva paura ma ad un certo momento riuscii a tirar fuori quella sfrontatezza che tante volte mi aveva accompagnato sin da bambino. Capii che quell'incontro avrebbe decretato un'unione indissolubile con la mafia. Don Vitino mi invitò a bere, perché secondo lui un bicchiere di vino avrebbe sicuramente sancito una futura alleanza. Mentre lui versava nel bicchiere quel vino rosso brillante mi venne in mente il sangue versato dalle numerose persone della cui morte lui era stato sicuramente il mandante.

Sollevò il bicchiere ed esordì dicendo: "Alla nostra unione e al patto di sangue che presto tu sugellerai!". I bicchieri si sfiorarono tintinnando e, allora, capii il senso di quell'incontro. Il boss mi disse: "Hai mai osservato tralci della vite quando sembrano secchi? Guarda lì ne hai una davanti a te. Stanno lì, torti, contorti, resi neri dal tempo e dalle intemperie ma tra loro spunta sempre qualche tralcio delicato ma vigoroso, di un verde brillante che promette ancora molti raccolti". Ascoltavo in silenzio le parole calme, pacate di don Vitino, ma non capivo. Continuò: "Un uomo d'onore, non deve mai dimostrare le proprie debolezze, io come questi tralci secchi mi annodo, mi aggroviglio, mi rigiro oramai, ma so bene che devo essere guida per i nuovi rami che si arrampicheranno intorno a me". Guardandolo dritto negli occhi, cercando di trovare il coraggio del germoglio che dovrà intricarsi e con la grinta di sempre, dissi: "Cosa vuole da me?". Lui rispose: "La rabbia e l'audacia mi piacciono... Chi lavora con me deve riuscire a vedere ciò che non si vede e a capire ciò che non viene detto". Io gli dissi: "E chi dice che voglia lavorare con lei Voscienza?". Lui sorrise a questa mia frase con il sorriso di chi sa bene come domare l'energia della giovinezza e prontamente rispose: "So che hai talento, hai coraggio e dallo sguardo capisco che sei ambizioso così come si dice in giro parlando di te. Questi tuoi occhi non mi ingannano, perché erano anche i miei quando avevo la tua età. Ma tu cosa credi, che per distinguersi basti solo qualche furtarello o qualche scippo qua e là?" A queste parole mi sentii colpito nell'orgoglio di malavitoso e il boss, avendo capito di aver colto nel segno, continuò: "Quando ero giovane mi fecero impugnare una pistola, mi indicarono la vittima sacrificale, un uomo, uno sconosciuto. Io non avevo nulla contro di lui. Chi mi diede quell'ordine sapeva che per me era la prima volta ma aveva visto in me ambizione e desiderio quasi incontrollato di rispetto". Si lasciò andare ad un lungo sospiro quasi a ricordare l'iniziazione dura alla malavita, mi raccontò che colui che lo aveva ingaggiato infilò la mano destra all'interno della giacca, estrasse dalla fondina una pistola, gliela mise tra le mani tremanti e lui non si tirò indietro. Don Vitino estrasse con lo stesso gesto la pistola dalla sua fondina e tendendomi l'arma con tono grave disse: "Con questa andrai in America e dovrai pareggiare un conto che ho in sospeso da troppo tempo. Sappi che se fallisci darai la tua vita in cambio. Sarà per te un bivio molto importante, ma tutti gli uomini sono sempre chiamati a compiere scelte difficili o quasi impossibili. Un uomo d'onore mette sempre in gioco la sua vita. Occorre essere carismatici sui sottoposti, avere freddezza, cinismo, dovrai essere astuto e non dovrai mai tirarti indietro di fronte a niente". Nell'altra mano don Vitino, mi fece scivolare un biglietto di sola andata per New York, così capii che non avevo più scelta, il mio desiderio o progetto era apparso come un'infinita strada a senso unico!".

CAPITOLO XI

Non persi una parola di quel lungo racconto. Capii che era un fiume in piena e che aveva bisogno che qualcuno ascoltasse per la prima volta la storia della sua vita. In quel momento in preda ai tormentati ricordi, al rammarico e all'amarezza per una vita senza normalità, mi sembrò un uomo estremamente fragile e vulnerabile. Lo abbracciai senza proferire parola, lui rimase stretto come in un materno e rassicurante abbraccio. Mi sentii sempre più legata a quell'amore, che mi avrebbe riservato molte difficoltà e, forse, molte sofferenze, ma che era diventato la mia nuova sfida contro il destino beffardo, avrei lottato in un faccia a faccia. Immaginavo, quasi con certezza, che scegliendo lui mi sarei imbarcata verso lontani orizzonti con un biglietto senza ritorno.

Quel tratto di terra tanto attesa e desiderata lentamente appariva all'orizzonte nella sua interezza mentre la nave scivolava, lasciando dietro di sé un solco bianco. Era quella terra che nell'idea di tanti rappresentava il sogno americano. Come una fotografia in bianco e nero aleggiava sempre nell'immaginario collettivo come terra di speranza, di benessere, ricchezza e libertà. In Italia quando arrivavano parenti che da anni erano emigrati in America, portavano caramelle coloratissime, gomme da masticare, cappellini alla Joe Di Maggio, blue-jeans, tutti oggetti che per noi, gente povera, significavano stato di benessere. Tutti gli emigranti avevano un sogno comune, lasciare sì la patria ma con la convinzione di non abbandonarla per sempre ma conquistare l'agognata agiatezza che avrebbe consentito il ritorno a casa.

Toccammo le sponde americane in una mattina dove tutto era avvolto da una fittissima nebbia. La nave entrando nel porto fischiava in segno di saluto a "Miss Liberty", così era chiamata New York. Attraccammo ad Ellis Island, un vecchio imbarcadero dove da un lato si vedeva la statua della libertà con la sua fiaccola, dall'altro i grattacieli di

Manhattan.

La gente accalcatasi sul ponte della nave, urlava, batteva le mani perché finalmente eravamo arrivati nella terra tanto sognata. Tutti sembravano impazziti, si spintonavano, si pestavano e le valigie, piene fino all'inverosimile, rischiavano di aprirsi. Le borse erano piccoli contenitori dell'Italia abbandonata, custodendo oltre ai vestiti, olio, pasta, formaggi e salumi. Una babilonia di voci urlava in tutte le lingue sulla banchina.

In modo ordinato ebbe inizio lo sbarco. Si formarono lunghe ed interminabili file di viaggiatori; quelli di terza classe discesero per primi, mentre coloro che viaggiavano in prima e in seconda classe rimasero a bordo. Man mano che si scendeva il ponte si vuotava ma nell'aria si diffondevano vari e fragorosi rumori. Sulla nave salirono, per noi viaggiatori di prima classe, gli ufficiali dell'immigrazione per ispezionarci. Eravamo sicuramente fortunati perché loro venivano nelle nostre cabine mentre tutti gli altri rimanevano a terra senz'acqua né cibo per ore e ore. I più sfortunati che non stavano bene in salute, venivano subito rispediti in Italia sulla stessa nave, invece chi era ritenuto idoneo si recava presso la biglietteria ferroviaria e si riprendeva il viaggio in treno per raggiungere le destinazioni. Jack ed io fummo ispezionati molto superficialmente e scortati a terra.

Sulla banchina molti, che da anni si erano insediati in America, attendevano i loro parenti appena giunti. Spesso neanche si conoscevano. Tra questa moltitudine di persone, Jack scorse un suo caro amico che era venuto a prenderci. Ci venne incontro, ci furono le presentazioni, ma io facevo fatica a capire le sue parole, l'unica cosa che compresi era il suo nome, Emanuele. Lui mi guardò e disse: "You look nice!". Io arrossii avendo intuito dal tono della voce e dallo sguardo ammiccante cosa volesse dirmi. Non riuscivo a rispondere, mi limitai a sorridere compiaciuta. Ero sfinita. Emanuele ci fece strada conducendoci verso l'auto, noi salimmo con lui mentre su un'altra macchina presero posto i quattro uomini di scorta e i bagagli. Partimmo alla volta di Little Italy che si trova nella parte meridionale di Manhattan. Viaggiammo ad alta velocità, le strade erano larghissime ma l'aria mi sembrava soffocata dal cemento che ci circondava dappertutto. Mentre l'auto proseguiva la marcia la mia mente si affollava di ricordi e di paragoni ed anche di pentimento. Contrariata, vedendo quella città, respirando la sua dimensione estranea, iniziai ad avere dubbi e pensai: "Sono stata pazza a lasciarmi coinvolgere da quest'amore chiaramente difficile... è vero che volevo vivere una nuova vita con tante incognite, ma questi enigmi sovrastano la normalità! Perché l'ho fatto? Cosa ho in comune con lui? Il rischio non l'ho mai provato! Perché mi sono lasciata convincere quando potevo rimanere in Italia, spostandomi dal Sud al Nord?".

Strade, tantissime strade, vedevo che s'incrociavano come un gioco di cerniere, dal finestrino aperto non sentivo il minimo odore della mia terra, delle piantagioni anche quelle del riso che mi avevano tanto fatta soffrire. Mio Dio, mi mancava tutto, il sole, i colori, i profumi della mia terra. Nel vortice del ripensamento ad un certo momento mi addormentai acciambellata nel sedile posteriore, mentre Jack e il suo amico continuavano a chiacchierare. Era un chiacchiericcio fastidioso e continuo, tuttavia per la mia esagerata stanchezza divenne alla fine come una ninna nanna accompagnata dal movimento dell'automobile che mi faceva da culla. Il viaggio non fu particolarmente lungo, mi svegliai nel momento in cui la macchina arrestò il motore. Guardai fuori dal finestrino e apparve ai miei occhi una via enorme, dritta e piena di palazzi allineati. Tutt'intorno silenzio, tranne lo sfrecciare delle auto. Era un susseguirsi di case popolari destinate alla gente povera, mentre la palazzina dove noi saremmo andati a vivere era un piccolo condominio a due piani che si distingueva tra tanto grigiore in quanto esternamente non aveva scale in ferro ma mattoni a vista, che alla luce dei pochi raggi del sole che la lambivano, luccicavano. Tre scalini esterni di marmo bianco conducevano al portone. Lui, lesse nei miei occhi la voglia di scappare via, teneramente mi abbracciò dicendomi che questa sarebbe stata una sistemazione momentanea e che ben presto saremmo andati via da quel posto per trasferirci nel nostro nido, in un luogo vicino al mare. In quel momento si affollarono mille pensieri nella mia mente, mi mancava Sara ed anche le mie amiche mondine, ma il pensiero che più ferocemente mi attanagliava, era il ricordo di una vita trascorsa all'insegna dell'onestà mentre oggi avevo preso coscienza di aver messo la mia vita nelle mani di un malavitoso, di un uomo sicuramente senza scrupoli.

Intorno al palazzo si allineavano negozi italiani: drogherie, bar notturni, ristoranti e una chiesa cattolica.

Dopo essere saliti su una scala in legno, entrammo nell'appartamento. La casa era modesta, i bianchi fili della luce passavano da ogni parte del soffitto, vi erano quattro camere. Non riuscii a fare a meno di pensare che lì dentro avrei vissuto chissà per quanti anni. L'arredamento era curato ma essenziale. Un fascio di rose rosse era al centro della tavola della sala da pranzo e recava un biglietto bianco candido donatomi da Jack. Lessi incuriosita sottovoce: "Non esiste fiore più puro e candido di te! Ti amo amore mio… forse ti farò soffrire, ma sono pronto a difenderti da tutti oggi e per sempre". In quell'istante tutti i dubbi, tutte le domande che mi ponevo si annullarono, gli andai vicino e ci baciammo con infinito amore. Non ci curammo di chi ci stesse accanto. Emanuele con gli uomini della scorta era impegnato a portar su i bagagli mentre noi, bramanti di passione, finimmo per amarci.

Da quel momento per me ebbe inizio una nuova vita fatta di sacrifici, ma investita di tanto amore, quello che Jack mi regalava tutti i giorni, istante per istante. Tutto era una continua sorpresa, la novità della città, dei sentimenti e delle persone che frequentavo. La nostalgia per la mia terra era sempre presente, ma veniva accantonata dalle nuove sensazioni che questo nuovo paese suscitava in me.

I primissimi giorni li dedicai a visitare le strade di Little Italy, il quartiere dove si trovava la nostra casa. Non era di grandi dimensioni, anzi mi sembrava quasi di vivere in una piccola città italiana. Sentivo parlare tanti dialetti noti e familiari. Vedevo nelle vetrine scritte in italiano e una miriade di colori e prodotti tipici. Girando per le strade incrociavo profumi mediterranei, prepotenti e ammalianti, che rapivano la mia mente riportandomi a ricordi lontani.

Con il tempo mi rendevo sempre più conto che il mio era un cambiamento sofferto nel profondo dell'anima e dei miei sentimenti. L'ambiente era difficile, non potevo fare a meno di notare la discriminazione che tutti i giorni subivo. Uscendo dai confini del quartiere italiano entravo in contatto con una popolazione estranea per lingua, religione, usanze e cultura. Gli italiani ovviavano a questa emarginazione appartandosi in nuclei quasi tribali e riproducendo il modo di vivere lasciato in patria.

Rallegravano l'ambiente artificialmente costruito, i colori degli abiti delle donne, gli schiamazzi dei bambini che correvano per le strade, i panni stesi al vento tra un palazzo e l'altro e le latte di conserva esposte sui balconi che contenevano rigogliosi gerani dai più svariati colori. Le strade erano scuole di vita deviata, un mondo fatto di movimento e di lotte. Capii che la mafia governava nel sottofondo delle dinamiche sociali. Si respirava nell'aria, non si vedeva e quando agiva era solo uno scontro cruento e spargimento di sangue. L'organizzazione criminale non era più un ristretto circolo di uomini d'onore, come era stata nel passato. In questo momento si era trasformata in un sistema finalizzato alla gestione e al mantenimento del potere stesso che veniva ripartito tra famiglie ed esercitato attraverso estorsioni, rapine, rapimenti, furti.

Scoprii amaramente che Jack era uno dei capi indiscussi della malavita organizzata e che da lui partivano ordini e decisioni di morte. Mi resi conto della sua aggressività verso gli altri e, in alcuni casi, della sua mancanza di scrupoli che lo portavano ad essere un manipolatore, in quanto era un uomo altamente ambizioso e assetato di potere. Con mio grande stupore mi confessò che si serviva del proprietario delle risaie come aiutante per lo smistamento del contrabbando e per estendere gli affari sporchi tra l'Italia e l'Europa.

I negozi erano a disposizione della mafia e quando i negozianti si ribellavano venivano infrante le loro vetrine e le loro auto saltavano in aria in pochi istanti. Ciò accadde anche davanti ai miei occhi. Lui aveva appreso tutte le tecniche della malavita e sapeva bene come sfuggire alla polizia, pagandola o cercando di cavarsela nei bassifondi della città. Spesso doveva affrontare insieme ai suoi uomini furiose sparatorie fra bande avversarie. New York mi apparve sempre di più una città assoggettata alla violenza di coloro che erano inglobati in Cosa Nostra e nei loro confronti non si registrava mai una denuncia.

Jack faceva parte della famiglia Santa Giulia che aveva il controllo del territorio e si era tacitamente sostituita alle istituzioni. A sera spesso rientrava in casa a tarda ora, alle volte io già dormivo. Le sue assenze erano dovute al fatto che si dava appuntamento con altra gente come lui presso il ristorante Marechiaro, dove il proprietario, Alfredo la Monaca, concordava azioni criminose.

Troppe trame, troppi intrighi tra mafia ed esponenti della politica che continuavano a garantirne l'impunità nei tribunali e le cartelle penali dei criminali indagati, risultavano vuote oppure cancellate. Il lavoro ufficiale di Jack era quello di fornitore di materiali idraulici.

Passarono trentacinque anni, così, quasi senza che me ne accorgessi. Quella terra e quella città non divennero mai mie e io non lasciai nelle strade troppi ricordi né troppe emozioni. La mia vita fu una continua odissea, giorno dopo giorno, anno dopo anno. Non sapevo mai se ogni sera per me e per lui sarebbe stata l'ultima. C'eravamo sposati parecchi anni dopo esserci conosciuti, era quasi un atto dovuto che noi sentivamo molto. La chiesa di San Sebastian accolse il coronamento del nostro sogno. Come testimoni scegliemmo i nostri vicini di casa con i quali avevamo stretto una forte amicizia. Anche i loro nonni erano stati tra i primi emigrati di Sicilia ed erano riusciti grazie ai sacrifici a risollevare le situazioni economiche trovando lavoro nelle acciaierie.

Ripensavo a come avrei cercato di rendermi utile, in questo mio soggiorno americano. Avevo cercato un lavoro, ma nessuno voleva offrirmi una qualche possibilità perché la moglie di un boss era considerata una donna pericolosa. Solo Padre Angelo, il priore della chiesa di San Sebastian, mi propose di lavorare in parrocchia presso l'oratorio. Quasi tutti i pomeriggi riunivo i bambini, figli degli emigranti, e davo loro lezioni di catechismo. Ero molto contenta di questa opportunità, cercavo di abbellire la sala parrocchiale con immagini di bambini felici che, oltre a mettere il buonumore con i più svariati colori, servivano a coprire le crepe dei muri. Il lavoro riempiva la mia solitudine, mi sentivo utile e soprattutto i bambini a me affidati con i loro giochi, con le loro risate, con la loro innocenza mi riempivano l'anima colmando il desiderio di maternità negata. Purtroppo la situazione di povertà del quartiere impoveriva il ricambio generazionale: le famiglie facevano sempre più fatica a vivere e non potevano permettersi il lusso di avere figli, quindi padre Angelo fu costretto a chiudere la scuola ed io rimasi senza lavoro anche se lo svolgevo come volontaria.

Jack ed io avevamo deciso di non avere figli. Il mio desiderio di maternità rimase, per cause di forza maggiore, inappagato. Non volevo lasciare un orfano, sentendo la nostra vita sempre in pericolo. Questa esistenza fatta di continue ansie, di paura, mi coinvolgeva totalmente. Mi ero completamente abituata all'idea di essere la moglie di un boss. La gente non mi amava ma nemmeno mi odiava, venivo vista con indifferenza. Imparai che anche le donne dei boss hanno dei codici d'onore, dove la forza prevale sulla saggezza e sul buon senso. Con il tempo purtroppo le cose cambiarono e ad intralciare il cammino malavitoso di Jack apparve un tizio di nome Sammy. Un uomo tracagnotto, dal cranio rasato, vestito con abiti da centinaia di dollari che cercava di imitare la gente di classe. Era stato scelto come esecutore degli affari da una delle famiglie mafiose avversarie a Jack. Camminava con fare spavaldo, sottolineato da un enorme sigaro che lasciava consumare facendolo penzolare dalle labbra carnose, particolarmente rosse, quasi tendenti al violaceo. A tutti diceva di aver fatto fortuna e che ora voleva godersene i frutti. Si beffava dei poliziotti, nessuno riusciva ad incastrarlo, ogni accusa scivolava via grazie ai suoi potenti avvocati. Era un grande sbruffone, arrogante e prepotente in ogni sua manifestazione, ostentava in ogni modo la sua ricchezza mentre andava in giro su una lussuosissima limousine. Era diventato un potente boss che si spartiva insieme ad altre due famiglie una grossa fetta di mercato delle attività illegali di New York. All'inizio, cercò in tutti i modi di entrare in affari con Jack. Lui rifiutò categoricamente perché riteneva che Sammy fosse troppo avido e solo attratto dalle enormi possibilità di guadagno che il "business" assicurava. I boss discutevano spesso di questo nuovo uomo entrato nella rete della malavita.

Alle volte per organizzare e parlare, i capi s'incontravano al "Damasco club", locale che solitamente pochi e accreditati potevano frequentare. Nelle fumose stanze dalle pareti maleodoranti si giocava d'azzardo, allietati dalla presenza di graziose donnine molto accondiscendenti alle richieste dei clienti, richieste che non venivano espresse a voce ma attraverso semplici sguardi.

Sapevo ogni cosa perché la mia migliore amica mi faceva molte confidenze, in quanto il marito al contrario del mio, le raccontava tutto minuziosamente. Ero come soggiogata, schiava di una prigione dove non vi erano sbarre di ferro. In quelle serate, passate sola ad aspettarlo, mentre sapevo che era al Damasco, mi sentivo prigioniera del mio cuore.

Il mio amore per lui m'impediva di ragionare e la gelosia mi tormentava facendomi sentire impotente. Accettavo tutto con amore, passione, dedizione, perché vedevo in lui un uomo semplice e capivo che la sua ferocia era una maschera indossata per svolgere al meglio i lavori che gli erano stati ordinati. Quando era con me gettava via quella maschera fino a diventare un tenero bambino. E allora, piena d'amore, rimanevo ad aspettare, sperando di sentire il prima possibile il rumore della chiave nella toppa della porta.

Nel quartiere dove vivevo, agli angoli delle strade non mancavano mai i venditori di quotidiani che urlavano i titoli dei giornali, come edicole a cielo aperto. Molti erano lustrascarpe e vicino alla mia casa c'era qualche straccione che, accompagnandosi ad una tenera scimmietta chiedeva l'elemosina. Al sabato gli ambulanti allineavano i carretti lungo i marciapiedi e vendevano varie mercanzie quali pane, polli, frutta, verdura ed anche abiti che io mi divertivo ad acquistare. Purtroppo durante le mie uscite non ero mai sola, due uomini mi scortavano e mi stavano accanto come angeli custodi. Infatti molte persone non amavano il mio uomo e senza farsi scrupoli avrebbero potuto fami male per colpire lui. Le regole di questa gente non conoscevano il rispetto e loro per primi erano spietati e furbi.

L'odio della cosca avversaria si faceva sempre più pressante. Ogni giorno trovavo nella cassetta della posta lettere anonime con tremende intimidazioni. Era successo anche di trovare al mattino sull'uscio di casa animali morti con la testa mozzata. Questi e tanti altri segnali erano terribili presagi di morte che mi facevano intuire che qualcosa di brutto stava per accadere. Jack cercava di farmi coraggio, cercava di rassicurarmi e di mostrarsi un uomo invincibile. Ma io non credevo alle sue parole perché avevo troppe volte sentito parlare di quel Sammy e del suo essere spietato. L'unico a darmi un po' di certezza era il tempo che passava. A sera potevo dar tregua al mio terrore e alle mie ansie, vedendo che lui tornava a casa e che fortunatamente non era accaduto nulla. Allora per tranquillizzarmi e per rassicurare me stessa pensavo che le mie erano solamente paure ingiustificate e timori di chi non sa fidarsi del destino.

Una sera Jack rientrò in casa prima del previsto. Ero nella penombra del salotto, seduta su una poltrona a guardare il sole che calava dietro i palazzi di Little Italy, sognando ad occhi aperti il prepotente tramonto tra gli scogli della mia Sicilia. Sentii girare la chiave nella serratura e un brivido mi corse lungo la schiena. Mi alzai di scatto e corsi in cucina spaventata, afferrai un grosso coltello dalla lama affilatissima e mi nascosi dietro ad una porta pensando che qualche malvivente si stava introducendo in casa mia. Il cuore mi batteva in gola così forte che non riuscivo a respirare, sentivo i muscoli tesi e le gambe rigide. Ebbi molta paura, cercavo di capire che fine avessero fatto le guardie del corpo. Immaginavo quei due uomini silenziosi accasciati sulla rampa della scala in un lago di sangue, freddati mentre cercavano di avvisarmi o di difendermi. Credendo che fosse arrivata la mia ora, guardavo la lama luccicante del coltello, mentre la immaginavo imbrattata di sangue. Pensando alla morte e al mio momento finale mi sentii pervadere da una forza inaspettata, da un desiderio di sopravvivenza che gonfiava il mio coraggio nascosto. Come un miracolo sentii Jack che mi chiamava. La sua voce mi tranquillizzò ma ero talmente impaurita che non riuscii a dirgli nulla, continuando a tremare come una foglia. Lui, impietrito dal mio terrore, alla vista del coltello, mi chiese con tono disorientato: "Ma cosa fai con questo coltello in mano? Cosa è successo? Perché stai tremando in questo modo?".

Lasciai cadere il coltello in terra e scoppiai a piangere, stremata dall'attimo di tensione e terrore. Lui prontamente cercò di consolarmi abbracciandomi e dicendomi: "Honey, dov'è finita la mia mogliettina coraggiosa? Questa sera non c'è spazio per le lacrime, cambiati e indossa il vestito più bello che hai, perché la serata sarà solo per noi due". Queste parole ebbero il potere di dissipare ogni mia paura e risvegliarono il desiderio di dedicarmi solo a lui. Contentissima gli chiesi: "Dove andiamo?". "Non posso dirtelo, sarà una sorpresa". Non mi accontentai della risposta e chiesi nuovamente: "Dai, ti prego, magari dimmi in quale locale andiamo..." Ma lui, irremovibile, non voleva assolutamente dirmelo. Testarda, come sempre, insistetti finché lui disse: "Ho chiesto al proprietario del Damasco di chiudere il locale riservandolo questa sera a noi due, nessuno ci disturberà, voglio trascorrere una serata con mia moglie dato che domani e forse per qualche giorno dovrò allontanarmi da casa per un lavoro importante". In quel momento la rabbia mi assalì, i miei occhi diventarono di fuoco e urlando contro di lui dissi: "Sei uno schifo d'uomo, mi proponi una serata dedicata a noi due portandomi in quel postaccio dove stringete schifosi e loschi affari di malavita e dove le donne per rendere più allegre le serate ti si strusciano addosso... Dimenticati che io vengo con te". Impietrito dalla mia reazione, con occhi sgranati e con un duro tono di voce urlò: "Calmati, adesso! Mi sembri una matta!". "Sì, è vero! Sono pazza ma sono stata ancora più pazza ad innamorarmi di te. Sono una folle se continuo a rimanerti accanto. Se solo avessi un briciolo di coraggio, oggi stesso dovrei recarmi al porto e prendere la prima nave per scappare via per sempre da te!". Allora, lui rimbeccò: "Fai quello che vuoi, vattene! Se ti manca tanto la tua amata terra non è sicuramente colpa mia! Sei stata tu a scegliere di seguirmi, io non ti ho costretta. Ti ho lasciata libera di decidere, come ora sei libera di sparire dalla mia vita!".

I toni diventarono piuttosto accesi. Urlavamo a più non posso. Ci vomitavamo addosso colpe che nessuno aveva, fantasmi di rancori che avevamo tenuto chiusi nelle nostre anime, imprigionati in nome di un amore che ora sembrava di ghiaccio. Avevamo aperto le sbarre di quella funesta prigione piena di insoddisfazioni e di frustrazioni. Sentivo dentro di me crollare come castelli di sabbia le certezze che mi ero costruita. Tutto mi appariva falso, pericoloso e difficile da accettare. Ciascuno di noi esprimeva le proprie ragioni e le proprie delusioni. Al culmine del feroce litigio, lui continuò: "Se è questa la verità, domattina ti farò recapitare un biglietto per la Sicilia, così non mi assillerai più con questi tuoi capricci e con tutti i tuoi pentimenti! Però ricorda che se uscirai da questa casa, non rientrerai mai più! Dimenticati di avere un marito e creati una nuova vita".

Rinchiudendomi in camera da letto, scoppiai a piangere e gli urlai: "Vai! Vattene via, questa sera portaci una delle tue mignotte in quel locale misero come siete abituati a fare voi, uomini di malavita". A queste mie parole, Jack si infilò il cappotto, aprì la porta e la richiuse sbattendola.

La solitudine e la disperazione s'impossessarono di me. Avrei voluto scappare via, andarmene. Mi sentivo in preda alla febbre tanta era la rabbia che esplodeva in ogni poro della mia pelle. Ma dove sarei potuta andare? Chi avrei potuto chiamare in mio aiuto? Io, straniera tra stranieri. Chi avrebbe aiutato la moglie del boss senza un ordine preciso del capo? Mi sentivo nessuno, un puntino inesistente nell'Universo. Avevo vissuto all'ombra di un uomo che mi aveva annullata. Avevo perso la mia identità. Dov'era Amaranta? Nascosta nel titolo di moglie, tra i minuscoli spazi della parola boss. Non potevo uscire fuori dall'uscio perché i suoi uomini mi avrebbero seguita e capii di essere prigioniera.

Mi infilai nel letto, rannicchiata, contorta su me stessa. Le lacrime bagnavano il cuscino. Il ticchettio della sveglia mi faceva capire che il tempo stava passando, inesorabile. Lui ancora non rientrava. Non riuscivo a prender sonno. Il pensiero di Jack, dagli occhi di ghiaccio, mi tormentava. L'odiavo e l'amavo allo stesso tempo. Speravo che fosse andato via per sempre, ma subito dopo il pensiero di perderlo non mi dava pace. Disorientata e confusa, lacrima dopo lacrima mi addormentai.

Verso le tre di notte la porta di casa si aprì, con il solito cigolio. Lo sentii in cucina che si versava dell'acqua. Quando entrò in camera, feci finta di dormire. Lui si infilò il pigiama e piano si adagiò nel letto. Cercando di non svegliarmi, carezzò amorevolmente i miei capelli e mi diede un dolcissimo bacio. Io ancora rancorosa continuai a far finta di nulla. Dopo qualche ora di sonno contemporaneamente ci alzammo. Lui andò a sedersi in cucina per leggere il giornale, tra di noi ci fu solamente un freddo saluto di cortesia. Tutti e due orgogliosamente non volevamo cedere per giungere ad una rappacificazione. Dopo un lungo silenzio, lui mi disse: "Questa sera non aspettarmi, non so se riuscirò a rientrare, al massimo tornerò domani". Risposi: "Non mi interessa quando torni, rimani pure fuori e non raccontarmi dei tuoi spostamenti perché non mi importa ciò che fai tanto meno chi incontri". Lui, ironico, con un sorriso sornione, mi chiese: "Almeno mi vuoi un po' di bene?" Risposi: "No, ti odio!". A quest'ultima parola lui s'irrigidì, mi diede un bacio sulla fronte, si rivestì e uscì di casa dicendomi: "Ciao amore mio, ricordati che da quando ti ho incontrata sei sempre stata tutta la mia vita. Non ho mai provato tanto amore per nessuna persona ad eccezione di mia madre". Per orgoglio non mi lasciai abbindolare da quelle belle parole, ero troppo arrabbiata e delusa. Non era vero che l'odiavo, volevo punirlo per non aver capito le mie esigenze. Non gli diedi alcuna risposta, non mi avvicinai a lui per dargli un bacio come facevamo sempre e, allora, lui andò via, chiudendosi per la seconda volta la porta alle spalle.

Subito mi resi conto che stavo sbagliando, riflettei su quell'impegno a cui lui aveva frettolosamente accennato. Pensai che sicuramente era un impegno rischioso. Ebbi paura per la sua vita. Un lugubre pensiero assalì la mia mente. Mi chiedevo se lo avrei mai più rivisto. Corsi ad aprire la porta urlando lungo le scale, invocavo il suo nome, gridando: "Jack! Jack! Dove sei?".

Ma lui era andato via. Corsi al balcone e vidi che stava salendo in macchina. Lo chiamai invocandolo di perdonarmi. Lui sollevò lo sguardo e mi mandò un dolcissimo bacio. Poi mi salutò con un cenno della mano regalandomi uno dei suoi più bei sorrisi. La macchina partì a velocità, mi sentivo in colpa, ero stata troppo dura con lui. Forse avrei dovuto accettare quel gesto, quella richiesta di perdono. Avrei dovuto essere più tenera, non avrei dovuto aggredirlo come invece avevo fatto. Mi maledii. Pensavo con rimpianto a quella serata tutta per noi. Mi sentivo una sciocca. Amavo un uomo che non mi dava certezze e che era un feroce assassino, questa dualità mi toglieva quei margini di sicurezza.

Girai per casa tutto il giorno, senza riuscire a concludere nulla, mi sentivo svogliata e vuota. Così con quel malinconico malessere aspettai la sera.

Con il calare del buio, smisi di aspettarlo, infilandomi nel letto, mi ripromisi di farmi perdonare non appena avessi avuto la possibilità di riabbracciarlo. Durante la notte parecchie volte allungai la mano per cercarlo ma toccavo le fredde lenzuola, lui non era accanto a me. Cercai conforto nella preghiera. Le ore passavano, la notte era sempre più fonda, ma di lui nulla; alle prime luci dell'alba mi alzai, bevvi un caffè dietro l'altro finché il sole non illuminò pallidamente l'aria. Il cielo era grigio, neanche un minimo raggio, tutt'intorno sembrava come fosse ancora notte. Una luce cupa e sfocata rendeva la strada triste e funerea mentre i gatti miagolavano ad ogni angolo della strada il loro miagolio mi appariva diverso e strano. I cani ululavano come un presagio di morte.

Mi sedetti sul divano, lì dov'era solito sedersi lui, mentre la mente vagava verso tutti i bei ricordi che avevamo vissuto insieme. Ascoltavo la radio, ad un certo momento lo speaker interruppe il programma per un'edizione straordinaria. Informava gli ascoltatori che era avvenuta una tremenda sparatoria. Capivo con il mio inglese ancora stentato che una banda di malavitosi stava trasportando un ingente quantitativo di alcool, quando era stata attaccata da una banda avversaria. Lo speaker diceva che la merce era partita nella notte, caricata su numerosi camion e che al porto l'aspettava la nave "Los Miglios", pronta a salpare allorché due bande avversarie si erano contese il mercato e avevano dato inizio ad una terribile sparatoria. Alcuni erano rimasti uccisi e numerose persone ferite, gente che lavorava onestamente al porto. Appresa questa notizia mi sembrò di impazzire, speravo che Jack non fosse coinvolto in questa operazione, ma ero molto preoccupata in quanto lui prima di uscire mi aveva parlato di un impegno improrogabile che lo portava fuori e non sapeva quando sarebbe rientrato, cercavo di convincermi che il suo impegno era di ben altra natura. Mi sedetti dietro i vetri del balcone che guardavano sulla strada sperando di vederlo rientrare, mi ero ripromessa, non appena lui avesse aperto la porta, di saltargli al collo, chiedendogli perdono e dicendogli che lo amavo tanto. L'attesa fu lunga e Jack non rientrava, in lontananza il suono delle autoambulanze che correvano su e giù da tutte le parti per portare soccorso, volevo uscire per andare a cercarlo ma non sapevo dove andare. A quel punto decisi di rimanere in casa aspettandolo seduta dietro ai vetri. Quando l'insegna dell'ultimo bar sotto casa stava per spegnersi, mi accorsi di una vettura che a fari spenti sostava davanti al bar, i vetri dei finestrini erano oscurati da pesanti tendine e non si riusciva a vedere se ci fosse qualcuno a bordo. La cosa non mi destò particolare preoccupazione perché spesso succedeva che alcune macchine si fermassero proprio lì. Ad un certo momento, sentii accendere il motore, le luci e in men che non si dica tre uomini si sporsero dai finestrini con lunghi fucili sparando ovunque, anche su qualche passante che frettolosamente cercava di rientrare in casa. Per strada urla, i balconi si popolarono di luce e di gente che gridava: "È una strage! Delinquenti!".

Nelle orecchie sentivo le raffiche dei mitra, mi precipitai giù per le scale e giunta fuori dal portone, vidi quell'auto partire a tutta velocità sgommando e mi accorsi che fra i tanti feriti c'era Jack che era riuscito a ripararsi da alcuni proiettili, trascinandosi strisciando per terra, ma era ferito a morte e aveva lasciato dietro di sé una lunga scia di sangue, aveva appoggiato il viso sul marciapiede vicino alla nostra casa mentre dalla sua bocca colava sangue e lentamente colorava sia i suoi abiti che l'asfalto. Io urlai: "Assassini! Assassini! Me lo avete ucciso!", mi chinai su di lui come a volerlo proteggere con il mio corpo, lo pregai di essere forte e di resistere che da lì a poco sarebbe arrivata l'autoambulanza. Gli sollevai la testa poggiandola sulle mie ginocchia, guardai i suoi occhi oramai semichiusi, lo pregai di resistere dicendogli: "Amore, fallo per me, resisti, ti salverò!" Gli urlai ancora che lo amavo e che l'avevo sempre amato, abbracciandolo gli chiesi perdono per tutte le volte che gli avevo detto cose che non pensavo mentre continuavo ad accarezzare il suo volto e i suoi capelli. Ecco che finalmente arrivarono i soccorsi, il loro suono era greve, ma lui purtroppo era giunto agli ultimi istanti di vita e guardandomi fisso negli occhi accennò un breve sorriso e in quel preciso istante esalò l'ultimo respiro accasciandosi esanime tra le mie braccia. Io non volevo staccarmi da lui, lo tenevo stretto mentre gli infermieri volevano portarlo via, ma piangendo urlai: "Non toccatelo, è mio marito, voi non avete nessun diritto di portarmelo via". Capirono il mio stato d'animo e cercarono con parole dolci di convincermi ad allontanarmi, ma ecco arrivare la mia amica Josephin con il marito, mi aiutarono ad alzarmi da terra, i vestiti erano imbrattati del suo sangue, abbracciandomi cercarono di portarmi verso casa mentre l'autoambulanza portava via il mio Jack.

Dal giorno della sua morte il mio percorso di vita era nuovamente cambiato, ero rimasta nuovamente sola, gli amici quei pochi ci erano rimasti vicini fin quando da me e Jack riuscivano a trarre vantaggio. Le mie giornate erano diventate lunghe e non finivano mai, non avevo stimoli, tutto mi sembrava inutile, mi alzavo al mattino pensando alla sera quando sarei finalmente andata a dormire. Purtroppo i miei anni si facevano sentire, il clima sicuramente non giovava alla mia salute oramai molto provata, così rendendomi conto che era inutile rimanere in terra straniera decisi che era giunta l'ora di tornare nella mia terra dove la solidarietà della mia gente, i luoghi natii, il profumo del mio mare avrebbero giovato alla mia salute e alla mia mente.

CAPITOLO XII

Era una fresca mattina di marzo, in cielo poche nuvole non minacciose cercavano di lasciare filtrare i pallidi raggi di sole. La casa oramai era vuota di tutte quelle cose che mi appartenevano, mi rimaneva solamente di prendere l'unica valigia che avrei portato con me. Tutto il resto, grazie all'aiuto dei miei amici siciliani, era già giunto a destinazione. Decisi di portare con me partendo da New York la stessa valigia di legno con la quale ero partita anni or sono e della quale non riuscivo a separarmi, ma anche tante altre borse con tutte le cose a cui ero legata. Nel dare uno sguardo alla casa, notai che nulla di materiale mi apparteneva, lasciavo li una parte del mio cuore, l'amore che negli anni avevo provato per mio marito. Sarebbe rimasto per sempre in ogni mia fibra, il resto mi era estraneo e non provavo alcuna tristezza ad abbandonare quella terra che mi aveva ospitata, terra di mille contrasti, di violenza, erano stati anni difficili che avrebbero segnato e rigato per sempre il mio cuore. Prima di partire mi concessi un ultimo giro tra le strade, che infinite volte avevo percorso e che oggi guardavo con distacco. Notai l'atteggiamento delle persone che ci conoscevano e che prima della morte di mio marito ci ossequiavano, erano sempre pronte ad invitarci per pranzi e cene. Quell'atteggiamento era figlio della paura a differenza di oggi che per loro ero diventata trasparente. Ciò nonostante questa situazione mi faceva molto soffrire, riflettevo sull'opportunismo delle persone che spacciavano finta amicizia. L'unica persona che ritenni opportuno andare a salutare fu il barbiere di mio marito, anche lui siciliano, molto simpatico, fisicamente un po' buffo ma sempre allegro. Rendeva l'attesa dei clienti meno pesante raccontando una barzelletta dopo l'altra. Tra l'altro era un uomo di grande generosità. Diedi un ultimo sguardo anche a quel maledetto club, dove era stata decisa e organizzata l'uccisione di mio marito. Provavo disprezzo verso tutti coloro che avevano a che fare con quel mondo. Proseguii il mio cammino senza voltarmi indietro. A lungo mi soffermai davanti a quel maledetto marciapiede dove era stato freddato il mio uomo, mi sedetti, mi raccolsi in preghiera mentre tanti momenti belli come flash apparivano alla mia mente. Le mani iniziarono ad accarezzare quei freddi mattoni come se li ci fosse ancora lui, abbozzai un timido sorriso, come se mi stesse ascoltando mentre gli confessavo quanto lo avevo amato, ma la mia mente virò verso quel triste ricordo, verso quell'atroce sofferenza. Mi chinai per dare un ultimo bacio a quel mattone di cemento ed ancora una volta mi parve di vedere quei rigagnoli rossi di sangue e quel viso sempre più cereo e che si andava sempre più raffreddando avvolto dal mantello inesorabile della morte. Mi assalì una fortissima rabbia, mista a odio e disprezzo per tutti coloro che svolgono azioni illegali e malavitose. Loro padroni della vita della gente decidono il destino degli altri senza farsi scrupoli, non considerando che la nostra vita è nostra e di nessun altro. Un urlo quasi strozzato per l'ennesima volta uscì dalle mie corde vocali: "Assassini, se mi state ascoltando, da dietro gli scuri delle vostre case, vi auguro che la maledizione cada su di voi e sui vostri cari, se mai aveste degli affetti, vi odio! Assassini, mi state ascoltando? O fate finta di non sentire, io sto parlando alle vostre coscienze e spero che Dio da lassù mai e poi mai dovrà perdonarvi, dovete bruciare arsi al fuoco dell'inferno finché le vostre carni diventeranno liquide!". Nessuno si affacciò al balcone o alla finestra, si sentiva solamente e sommessamente il rumore di qualche finestra chiudersi. Dopo quello sfogo, decisi in tutta fretta di far ritorno verso la mia amata Sicilia, pur sapendo che non avrei trovato nessuno ad attendermi, nessuno dei miei cari era ancora in vita. Mi consolai pensando che altre cose attendevano il mio ritorno, cose più semplici, cose alla portata di tutti: gli odori, il profumo delle zagare, delle limonaie, del rosmarino, e tanti altri, soprattutto il modo di vivere della mia gente. Lì mi attendeva una vecchia casa che la nonna aveva acquistato per aiutare la famiglia di un pescatore caduta in disgrazia e trasferitasi al nord. Era una piccola casa vicino al mare, in un borgo detto "Borgo degli angeli". Era stato chiamato così in quanto poste su due colonne marmoree vi erano cinque angeli in ferro battuto, che intrecciavano danze reggendo tra le mani coroncine di fiori. Era proprio lì dove sarei andata a vivere, lontana dai rumori e dai condizionamenti delle città, dai soliti conformismi, dai pettegolezzi gratuiti. Desideravo trascorrere gli ultimi anni della mia vita in modo sereno, accanto a persone umili ma ricche di umanità, gente di gran cuore.

Partii con destinazione Trapani, il viaggio fu lungo e disagevole, il mare tempestoso mi faceva pensare che forse non sarei mai giunta a destinazione, ma non avevo paura, oramai dopo tutte le sofferenze patite, più niente e nessuno riusciva ad incutermi tale sentimento. Dopo lunghissime ore di viaggio e un lungo traghettare, giunsi nella mia adorata Sicilia. Iniziavo a sentire l'odore della mia terra, il profumo penetrante della salsedine che pizzicava le narici, il mare andava quietandosi sempre più, quasi a volermi accogliere nel migliore dei modi. Sbarcai al porto di Palermo, cercando con affanno e infinita stanchezza un mezzo che mi avrebbe condotta a Trapani. La stazione delle corriere era lontana ed io sentivo le forze venire meno, ma oramai era l'ultimo atto della commedia della vita. Richiamai tutte le mie forze, e mentre mi adoperavo nel trasportare quelle pesanti valigie, come una manna dal cielo, passava di lì un anziano venditore di frutta con il suo carretto. Gli feci pena e caricò me e i miei bagagli tra cassette di frutta e verdure di ogni tipo. Affamata agguantai due mele e, come il migliore dei dolci, in pochi secondi non esisteva più neanche il torsolo. Zu Gnazio, questo era il suo nome, fu molto gentile con me, ebbe un fare quasi paterno, parlando con il suo mulo gli disse: "Betto, avemo allungari a strada, stasira mangerai chiù tardu, a signurina è sfinuta, fai stu sforzu accumpagnamula a corriera e poi n'arritiramu". Gli fece una carezza sul dorso e come se l'animale l'avesse capito continuò il cammino. Ad un tratto ci accorgemmo che la corriera stava per partire ed io avrei dovuto attendere fino al giorno successivo la prossima corsa, era una disavventura, dove avrei potuto dormire? Non avevo nessuno che mi avrebbe potuto ospitare, ma lui furbescamente si piazzò con il suo mulo e il carretto davanti alla corriera e riuscì a fermarla. Il conducente del mezzo iniziò ad inveirgli contro, ma dopo avergli spiegato la motivazione di quel gesto, anche lui divenne gentile e mi aiutò a caricare i bagagli. Lo abbracciai e non finivo mai di ringraziarlo, ancora oggi il suo ricordo è vivo e nitido nella mia mente. Giunsi al capolinea delle corriere, affidai i miei bagagli ad un poveretto che chiedeva l'elemosina e corsi ad informarmi a che ora partiva la corriera diretta a Bonagia. L'impiegato sgarbatamente mi disse che sarebbe partita dopo due ore circa, allora chiesi se potevo già caricare i bagagli, ma lui aspramente mi rispose che non era possibile e che avrei dovuto attendere. Tornai tra le mie masserizie e mi sedetti su una valigia accanto a quel pover'uomo, la gente che passava immaginava che eravamo una coppia di spiantati e quasi tutti poggiavano dentro al cestino qualche moneta. Il vecchio mendicante dati i guadagni fatti in quella giornata mi chiese se volevo andare a vivere con lui, lo mandai al diavolo e mi spostai da lì. Il tempo non passava mai, l'attesa mi sembrava eterna, finché finalmente potemmo salire. La corriera era semivuota, senza alcuna difficoltà potei sistemare i miei bagagli. Lasciammo la città percorrendo la via Fardella, poi imboccata la Litoranea di Tramontana che si snoda tra coste sabbiose. Guardavo fuori dal finestrino, allegra, spensierata, con la testa sgombra da nocivi pensieri, stavo per giungere in quello che era stato per me e per mia nonna il luogo più amato. Vedevo le piccole onde infrangersi sulla fredda rena, colonie di gabbiani che intrecciavano voli pindarici nel cielo e si rituffavano nell'immensità del mare azzurro e cristallino. La corriera attraversò diversi paesi, notai che nessuno di essi era cambiato in questi lunghi anni di mia assenza, tutto era come mummificato. Guardavo i campi che erano un patchwork di colori, mentre i verdi e brillanti ulivi dalle corte braccia sembrava volessero salutarmi. Scesa da quella corriera, percorsi il lungo viale dei mandorli in fiore beandomi di tale bellezza di cui la natura senza chiederci nulla in cambio ci fa dono, il colore bianco dei fiori gratificava il mio cuore e la mia mente. Camminavo lentamente superando due edicole votive illuminate da ceri e mi fermai ad ammirare la bellezza dei dipinti, guardavo tutto quanto mi circondava fin quando giunsi davanti al portoncino della mia vecchia, ma nuova casa.

Questo piccolo borgo è disposto a schieramenti lineari, quasi come un frangionde che si difende dalle ire del mare. Esternamente le case sono di vivaci colori, che vanno dall'avorio, al giallo oro, al verde prato, all'azzurro cielo, sui terrazzi le lenzuola di tela bianca come schermi fotografici sembrano voler rubare i raggi del sole al cielo. Tutto è un'armonia di colori che si fondono con il blu del mare, con l'azzurro del cielo, con il verde argenteo degli ulivi e il color smeraldo delle persiane.

La mia casa, come tutte le altre, recava in cima una torre e al piano terra si aprivano le piccole stanzette. Aprii la porta e con stupore mi accorsi che le ragnatele talmente spesse avevano creato come una parete per conservare la memoria del pescatore che prima l'abitava, tutto era rimasto quasi mummificato dal tempo, era molto più simile ad un magazzino che ad una casa per abitarvi. Attrezzi uno sopra l'altro, berretti, giubbotti impermeabili e stivali di gomma, nasse di vimini, bottiglie, lanterne. Queste mura erano intrise di umidità dove la luce e l'aria filtrano da un'avara grata arrugginita posta sul portoncino d'ingresso e dalla stretta finestra che si apriva nella camera da letto, tutto odorava di catrame e di alghe come nella stiva di una barca. Nella sala un vecchio divano, una tavola tarlata dal tempo ornata da un centrino all'uncinetto che oramai aveva perso il suo colore e dove troneggiava un vaso ricoperto da bianche conchiglie eseguito dalle mani abili della moglie del pescatore durante le lunghe sere d'inverno in attesa del rientro del proprio uomo. La vecchia credenza e la piattaia contenevano piatti in ceramica tutti disuguali sbeccati e anneriti dal tempo e dall'usura, al loro interno tante bomboniere conservavano ancora i tarlati confetti in ricordo di matrimoni ai quali la famiglia aveva preso parte. Un grande arazzo raffigurante Otello e Desdemona copriva una parete sotto una sedia a dondolo stava lì immobile, impolverata talmente tanto da non lasciare intravedere il suo colore, piena di ragnatele come fosse uscita da un film dell'orrore. Una madia conteneva ancora all'interno vecchi vestiti ammuffiti per l'umidità che puzzavano di stantio.

La camera da letto era molto semplice, un letto in ferro battuto movimentato dai ghirigori, un armadio ad una sola anta molto profondo che all'esterno recava un grande specchio tutto macchiato come la pelle di leopardo, lo aprii, non conteneva niente, tranne vecchie stampelle dal gancio arrugginito, su una cassettiera una foto di famiglia dove notavo piccoli bambini insieme ai genitori che posavano davanti al fotografo rimanendo immobili. Il tutto era illuminato dalla grande finestra. Provai a far scorrere l'acqua dai rubinetti ma non ne uscì neanche una goccia. Mi ricordai che in questo luogo l'acqua non veniva fuori dai rubinetti ma davanti all'uscio vi era un pozzo dove bisognava attingerla. Nel piccolo giardinetto tutto era secco e infestato dalle formiche mentre le lucertole fuggivano impaurite cercando riparo sotto ai sassi o dentro i buchi delle rocce, due alberi di mandorlo erano oramai secchi in quanto non avevano ricevuto nutrimento dalla terra che era infestata di erbacce. Mi resi conto che un lungo lavoro mi aspettava, ma questa volta lo avrei eseguito con il sorriso sulle labbra. Mentre mi trovavo fuori casa a guardare tutt'intorno, mi fermai a guardare il movimento del mare che arrivava rabbioso e si scagliava urlando contro gli scogli, al largo pareva tinto d'azzurro intervallato da strisce turchesi, verdi o grigie come uscito dalla tela di un grande pittore. Il vento di libeccio increspava le onde all'orizzonte, mare e cielo si fondevano. Mi sedetti su uno scoglio, guardavo la natura quanto è prolifica. Il mare dono di Dio, riesce ad incutere vari stati d'animo quali amore, paura e per alcuni odio, con la sua forza prepotentemente riesce a sottrarre affetti. Il vento viaggiava, sollevava gradatamente le onde, sembrava voler giocare con me, gli schizzi d'acqua si sollevavano dagli scogli bagnandomi il viso il vestito e i capelli, ma ciò non mi infastidiva, anche se pensavo che il mare volesse darmi il suo benvenuto, quasi un battesimo. Da lui volevo farmi adottare così come avrei cercato di fare con quell'umile e onesta gente del luogo.

Ad alta voce rivolgendomi al mare gli rivelai una confidenza: "Sono finalmente felice, questa è vita!". La mente volò alla gente del luogo di cui avevo sentito sempre parlare e avevo provato ammirazione, gente di grande pazienza, ricchi di spirito di sacrificio, tenacia e orgoglio, valori trasmessi dai loro maestri di vita. Giunse da lontano un vecchio pescatore tremante e instabile sulle gambe, avanzava poggiando il suo corpo al bastone, non era così facile per lui raggiungermi anche se mi trovavo a pochi passi, l'irregolarità degli scogli rendevano difficile il camminare. Mi alzai dallo scoglio per cercare di aiutarlo ma lui orgogliosamente rifiutò il mio braccio che avrebbe potuto servirgli da sostegno. Del lupo di mare quale lui nel passato era stato erano rimasti solamente i ricordi ed anche un berretto a fasce bianche, azzurre e verdi in lana infeltrita per l'eccessivo uso. La sua pelle ancora profumava di salsedine così come il berretto che tante volte era servito ad asciugare il sudore della fronte. Lo portava calcato sulla testa e da lui era stato da sempre considerato un amico di avventure e di sventure. Avevano sofferto insieme la calura dell'afa d'agosto, così pure il gelo dell'inverno. Senza esitazione, nonostante il suo rifiuto, mi alzai cedendogli il posto, cercai di farlo sedere dove lo scoglio era meno bitorzoluto, mi ringraziò e sedette lì accanto a me, immobile e silenzioso intento solamente a guardare il mare. In quel momento forse rivide come alla moviola il film della sua vita, mentre il suono della piccola campana della chiesa sembrava volergli ricordare che giacciono nel pianeta degli abissi tanti esseri umani, strappati ai loro affetti e custoditi dalle tenebre delle profondità marine. Sul volto sembravano impresse e scavate sotto le rughe della pelle arsa dal sole e dal vento, la fatica, la tenacia e l'umiltà. Notai in questa gente il rispetto verso la parlata dialettale. Avevano imparato la lingua propria assorbita nell'infanzia dalla famiglia, il linguaggio vernacolo veniva custodito perché era da tramandare da padre in figlio.

Ruppi il silenzio, rivolgendomi a lui dicendo una frase di circostanza: "Il mare con il suo profumo e con i suoi colori è una delle rare meraviglie della natura, soprattutto quando è quieto e tranquillo". Lui rispose: "Vedrai questa sera non sarà più così!". Mi lasciai andare ad un'esclamazione di desolazione dicendo: "Noooh! Perché dici che cambierà?". Mi rispose: "Guarda su in cielo, prova ad osservare il volo degli uccelli, come puoi vedere stanno volando tutti verso terra, ciò vuol dire che il tempo cambierà".

Mentre lui parlava, in cuor mio speravo che il vecchio si stesse sbagliando, affinché io potessi godere di quei timidi e tiepidi raggi del sole che finalmente riuscivano a scaldare il mio corpo stanco e la mia anima ferita. Continuò il suo racconto: "Ho novant'anni, sono molto vecchio e oramai le gambe non si prendono più cura del mio corpo, ma sappi che una volta mi reggevano bene! Ho fatto la grande guerra del 1915, quella era vera guerra, è stata dura, si affrontava il nemico faccia a faccia ma la cosa peggiore è aver visto morire tanti miei giovani compagni. Io sono stato molto fortunato forse il buon Dio non aveva bisogno di me e ha poggiato la sua mano caritatevole sulla mia testa". Il suo modo di raccontare mi rapì, forse non c'era stato mai nessuno che avesse avuto voglia di ascoltarlo, io volevo sentire un po' della sua vita e lui continuò. "La mia famiglia era numerosa, in casa eravamo quattro figli maschi, mia madre e mio padre volevano una figlia femmina ma il destino non li accontentò. Io e i miei fratelli non abbiamo vissuto con i nostri genitori, loro non potendoci mantenere sono stati costretti dal bisogno a mandarci in collegio, almeno lì ci avrebbero assicurato il necessario per poter vivere. Alla domenica era una festa perché oltre al piatto di pasta e al tozzo di pane ci davano anche un formaggino e una mela". Chiesi: "I tuoi genitori venivano a trovarvi?". Mi rispose con voce tremante che lasciava trasparire un velo di tristezza nel ricordare: "Purtroppo venivano una o due volte all'anno, perché noi fratellini non eravamo nella stessa città. Io, Vittorio e Santo eravamo in collegio a Palermo, mentre Saro a Siracusa. Lei deve sapere che anche mio padre faceva il pescatore, guadagnava poco e tutte le volte che non usciva con la barca a casa non si mangiava". Intervenni: "Immagino che in collegio hai sofferto tanto, così piccolo è così lontano da tua madre!". "Sì, soprattutto soffrivo nei giorni di visita perché quasi tutte le settimane arrivavano i genitori degli altri bambini mentre per me non arrivava mai nessuno. Tutte le volte correvo a nascondermi sotto il letto e piangendo pensavo alla mia mamma, la vita in collegio è stata difficile anche perché le suore mi picchiavano per qualunque motivo anche per cose futili. Crescendo credevo che fosse il ricordo peggiore della mia vita, ma se la paragono ad oggi diventa una banalità, il mio vero e unico dolore si chiama Mario". Chiesi incuriosita chi fosse Mario, lui rispose: "Mario è mio figlio". Pronunciando questo nome il viso si rabbuiò, la fronte si corrucciò in un'espressione di dolore, un dolore lancinante non solo nella mente ma anche nel fisico, un cenno di lacrima gli rigò le gote, la voce gli si strozzò in gola, non più una sillaba uscì dalle sue labbra, rimase immobile mentre guardava fisso il mare questa volta con disprezzo, con odio. Dopo una non breve pausa continuò: "Mio figlio è lì", indicò con il dito un punto qualunque del mare e continuò: "Lui, feroce assassino, non me lo ha voluto restituire, lo ha tenuto con sé". Gli chiesi di continuare, ma non aveva più voglia, forse faceva fatica a raccontare, a ripercorrere quel triste giorno che ancora oggi dopo tanti anni continuava a farlo soffrire. Decise comunque di rendermi partecipe di una fetta della sua vita mentre io timidamente provavo ad accarezzargli la mano sfiorandola leggermente con la mia, come una figlia farebbe con il padre. Lui non si mosse, la sua mano era immobile sotto la mia, sentii che la pelle era dura, secca come se fosse morta. Non aveva più nessuna vibrazione ma nella durezza del momento ritengo che questo gesto d'amicizia gli avesse fatto piacere,

Rassicurato che avevo voglia di ascoltarlo, decise di continuare: "Era una notte buia come questa pece, neanche la luna riusciva a rischiararla, la nebbia rendeva difficile persino vedere il campanile della chiesa, soffiava un forte vento di scirocco, talmente forte che piegava fino a terra le palme, il rumore era perpetuo e sibilante come grida di dolore. Il vento si infilava tra le case sbattendo da tutte le parti, gli scuri nonostante fossero chiusi cigolavano senza pace quasi come a volermi svegliare o forse era un segno del destino che mi spingeva ad alzarmi per fermare mio figlio impedendogli in ogni modo di andare per mare a pesca. Mi alzai, lo vidi che si stava preparando per andare via, entrai nella sua camera e gli dissi: "Mariuzzo, non andare, non è la giornata buona per uscire, troppo vento, lascia stare tornatene a letto", ma lui replicò: "Papà, stai tranquillo, è necessario che io vada perché sono giorni che mangiamo pane e pomodoro ed io non sono riuscito a comperare un pacchetto di sigarette". Memore di questa frase continuai: "Figlio mio, un'altra provvidenza ci manderà a Dio", a questa affermazione mi rispose: "Provvidenza, provvidenza, mentre noi moriamo di fame!". Questa frase detta da mio figlio mi fece pensare ad una bestemmia e mi fece tanto male perché noi pescatori siamo molto credenti. Volli giustificare questa frase infelice di mio figlio perché forse era dettata dalla rabbia contro il destino. Continuò: "Papà, stai tranquillo, torna a dormire". Non tornai a dormire, andai in cucina, misi sul fuoco la napoletana e, mentre la caffettiera borbottava, nella mia mente si susseguivano immagini di pericolo. La stanza si riempiva di profumo di caffè tostato che io versai dentro due tazzine e aggiungendo lo zucchero, il cucchiaino batteva sui bordi della tazzina mi sembrava un suono di campana che suonava a morte. Mario era lì pronto e mentre bevevamo il caffè non ci fu una sola parola, ciascuno di noi era immerso nei suoi pensieri, lo bevemmo e prima di andar via lui mi disse: "Vecchio mio, ci vediamo questa sera", mi diede in segno di saluto una pacca sulla spalla e richiuse la porta alle sue spalle. Appena uscito da casa aprii gli scuri della finestra, lo chiamai parecchie volte ma lui non si girò a guardarmi, mi fece solo un gesto di saluto con la mano e andò via lungo la strada che lo avrebbe portato alla barca. Strada facendo si fermò a parlare con altri pescatori che cercavano di convincerlo a non uscire, almeno questa era la mia speranza, rimasi lì a guardare se tornava indietro, ma non fu così. Riprese il cammino verso l'ignoto sfidando la sorte mentre io da dietro i vetri morivo di angoscia vedendolo sparire nella nebbia. Rimasi incollato a quei vetri appannati e dopo dieci minuti circa, vidi una barca che solitaria si allontanava a fatica, cavalcando le onde che giungevano a riva sempre più alte e perigliose, finché scomparve all'orizzonte. Tornai a sedere poggiando i gomiti sulla tavola e tenendo la testa tra le mani assorto nei miei pensieri, ruppe il silenzio mia moglie appena svegliatasi e con la lunga camicia da notte di flanella e lo scialle sulle spalle per ripararsi dal freddo mi chiese dov'era Mario, le risposi che era andato a pescare, lei come una iena assetata di sangue mi si scagliò contro inveendo che non ero un buon padre, che ero solo un egoista, che pensavo ai soldi facendo rischiare la vita a mio figlio. Da allora non mi ha mai perdonato, lei ha sempre saputo bene che quel padre che stava dipingendo non era così insensibile nella realtà, il dolore e la sofferenza le facevano dire ciò che non pensava. A tutt'oggi quando litighiamo mi colpevolizza e continuamente riemergono in me sensi di colpa che fanno sanguinare le mie ferite". Il suo racconto dopo una breve pausa quasi a voler riprendere fiato, continuò: "Quella notte il mare era furioso persino a riva, io ero impotente l'unica cosa che feci era rimanere ad aspettarlo mentre mia moglie seduta su una sedia lasciava scorrere tra le dita i grani del rosario. Il mattino trascorse senza alcuna notizia di mio figlio, giunse al pomeriggio e tutti gli abitanti del borgo vennero a conoscenza che Mario non era ancora tornato. In questo borgo si vive come in una grande famiglia, i pescatori e le mogli si trovarono a casa mia, le donne si riunirono in cucina a pregare recitando le litanie, mentre noi uomini in un'altra sala fumavamo e tutti i miei amici cercavano con buone parole di farmi coraggio dicendomi: "Tra poco vedrai tornare tuo figlio e potrai riabbracciarlo". Giunse la sera, i lampioni si accesero e il mare non si quietava, di mio figlio non si seppe più nulla". Interrompe il suo racconto per farmi notare quante strisce nere legate agli alberi delle barche sventolano senza pace ad ogni soffio di vento, ciò sta a significare quanti lutti si sono consumati nelle famiglie dei pescatori.

Interruppe il racconto, la voce di un'anziana donna che gli urlò da lontano: "Vito, Vito, a pasta è n' tavola". Lui si alzò, mi salutò, mi ringraziò per essere rimasta lì ad ascoltare le sue disgrazie e a fatica cercò di rientrare tra le sue quattro mura che non trasudavano più parole, risate, allegria, quella che solo Mario sapeva portare. Mi fermai ancora ripensando alla lezione di vita di questo anziano saggio, immedesimandomi avevo sofferto anch'io, ma la sensazione di pace di questo luogo portava lontano da me i momenti di tristezza, le lacrime che avevo versato nella mia vita, sembrava quasi che la salsedine come la bava dei ragni stesse pian piano saldando con abile maestria le ferite del mio cuore.

Quella sera al borgo degli angeli ci sarebbe stata una festa, fervevano i preparativi: mentre nella piccola cappella l'immagine sacra risplendeva, le barche erano addobbate e coperte di fiori dai mille colori e le famiglie dei pescatori si erano riversate tutte in strada, alcuni parlavano, altri distribuivano pane per i gabbiani mentre i bambini giocavano indisturbati nella piazzetta. Sulle montagnole di alghe portate dal mare in tempesta venivano conficcate dalle forti braccia dei pescatori fiaccole: quella sera sarebbero state loro ad illuminare tutto il borgo. Anch'io volli prendere parte alla funzione religiosa, si festeggiava il Corpus Domini. Ci disponemmo su due file mentre ciascuno di noi teneva in mano un cero, seguimmo il sacerdote che passando tra le vie del borgo faceva il segno della croce, benediceva con il suo gesto le case mentre l'odore acre dell'incenso si spargeva dappertutto mescolandosi ai canti sacri. Il borgo si accese di luce che veniva dalle infinite fiammelle, anche il mare s'infiammò di colore rosso, mentre i ragazzini togliendosi i pantaloni facevano il bagno notturno divertendosi a giocare a chi faceva più tuffi.

Dopo la processione vennero trasportate in strada gigantesche padelle ricolme di olio bollente, tutte le famiglie avevano portato il pesce da friggere e lo misero a disposizione. C'era tanta allegria intorno, io e il mio vecchio amico Vito guardavamo gli altri che si divertivano, ma noi non potevamo farlo data l'età e i nostri acciacchi, rimanemmo seduti su un muretto quando un forte applauso segnò l'arrivo di un carretto spinto a braccia che recava due grosse botti ricolme di vino frizzante di colore rosso corallo che avrebbe dissetato tutti presenti. Le barche cariche di spettatori facevano dei giri lì intorno, quasi come una danza si incrociavano mentre in mare si consumava uno spettacolo di fuochi d'artificio e nelle vicine campagne i contadini in segno di festa avevano acceso numerosi falò. In questo borgo erano tanti gli stati d'animo che si contrapponevano, negli abitanti c'era un misto di arguzia, ironia, paura, gioia di vivere e poesia. Il mare sembrava aver capito di questo giorno di festa e si era placato, oggi sembrava che volesse festeggiare insieme a noi senza disturbarci come un invitato timido partecipava con allegria alle risate di tutti.

Mi piaceva vivere vicino al mare, sognavo continuamente della mia gioventù, ovunque io ero andata, ovunque avevo vissuto, avevo sempre portato con me la mia cultura e le mie tradizioni di siciliana. La solitudine era rimasta unica compagna della mia vita, vivevo le meraviglie del mondo del silenzio, attendevo i rintocchi della campana della piccola chiesetta, alle volte mi sembrava di sentire bussare alla porta ma era soltanto la mia immaginazione perché lì, dietro il mio uscio, non c'era nessuno. Decisi di rientrare in casa, il mio corpo malato e stanco non mi permetteva di rimanere ancora seduta sullo scoglio, desideravo lasciarmi viziare dal dondolio della sedia, chissà forse si sarebbe avvicinato il freddo della morte, cercai di scaldarmi coprendo le ginocchia con un vecchio plaid a quadri rossi e blu, una macchia di colore per la mia solitudine. Bianchina, la gatta sorniona di casa, si strusciava come a voler scaldare il gelido pelo. Il mattino seguente mi svegliai con la voglia di guardarmi allo specchio, volevo farmi bella come se aspettassi un amico. Raccolsi i bianchi capelli che facevano da cornice ai cassetti della mia memoria, non occorrevano tante forcine per tenerli su come facevo un tempo, erano diventati sottili e stanchi, anch'essi avevano il colore della mia età. Cercai di trovare sul mio viso qualche traccia della mia giovinezza, che tristezza! Più mi guardavo e più mi accorgevo che non era rimasto nulla. La pelle avvizzita, le rughe una dietro l'altra come un tessuto plissè erano un proliferare di solchi sempre più profondi, sempre più presenti, mentre le palpebre con il loro abbondare di pelle, rimpicciolivano i miei occhi che erano stati da sempre apprezzati e ammirati, in quanto occhi parlanti, espressivi e che lasciavano trapelare emozioni e sentimenti. Ora avevano perso la loro luce. Il mio viso tratteneva i segreti del passato, lo sfavillio di attimi di gioia provati, come foglie spinte dal vento, avevano dato spazio a momenti di dolore. Lentamente mi alzai, cercai di recarmi camminando accompagnata dal bastone, stanco anche lui. Testardamente desideravo indossare il vestito della festa, dovevo fare in fretta, perché ogni momento che passava la mia vita fuggiva via guardandomi senza pietà, invecchiavo e ogni giorno lentamente morivo. Aprii il cigolante armadio dalle usurate cerniere dove regnava l'odore della naftalina, cercai tra gli abiti quello da indossare, eccolo era lì che mi stava aspettando e mi invitava a prenderlo. Lo tirai fuori, era nero, scollato sul seno, un pizzico di civetteria mi pervase, volli mostrare i seni ancora turgidi, la pelle diafana avrebbe brillato sicuramente sotto quell'abito. Cercai di convincermi ma la realtà era ben diversa dall'immaginazione e dall'illusione, così scoppiai a piangere e con animo ferito dovetti purtroppo rendermi conto che la realtà era tutt'altra.

Delusa e amareggiata tornai a sedere sulla sedia a dondolo, volli guardare fuori e vivere come spettatrice lo scenario di questa nuova e sana vita. Questa era la vita, quella che da sempre avevo desiderato.

Avevo sofferto per numerosi anni ed oggi mi sentivo di aver lasciato trascorrere tanto tempo alla ricerca di chissà cosa, mentre avevo il mio paradiso ad un palmo da me. Come le note sul pentagramma i miei giorni erano sempre trascorsi alla ricerca di sentimenti, grandi amori che potessero regalarmi forti emozioni. I miei migliori anni avevano portato via tutti gli amori impossibili. Avevo amato tutto nella mia vita, il sole, la luna, il fragile stelo di un fiore, gli uomini, ma chissà quanti di loro avevano amato me? Nessuno s'addolorava oramai per questa vecchia ed io avevo imparato ad affrontare la mia età con l'amore e il rispetto verso me stessa, mentre cercavo di sedare la solitudine nutrendola con cose semplici: una passeggiata, osservare i pescatori intenti nei loro lavori, addentrarmi per i vicoli, bearmi dell'odore del pomodoro e del basilico che cuocendo borbottano per ore nei tegami e dell'odore del pesce cotto sulla brace che col suo scoppiettio, intriso di aromi provocava in me l'acquolina in bocca. Mi facevano compagnia le voci dei bambini che giocavano in strada e alle volte mi facevano arrabbiare i pescatori che gli urlavano contro: "Unni tallii, sta attentu a riti". Oppure osservavo un gattino che miagolando andava alla ricerca della sua mamma ed ancora l'alata orchestra dei gabbiani che s'ergevano nelle fresche sere d'estate, intrecciando voli fra grappoli di stelle. Quando scavavo nella memoria trovavo un cumulo di ricordi polverosi, ciò che riuscivo a vedere oramai erano confusi frammenti, immagini lontane che non desideravo più far emergere. Volevo vivere beandomi di questo mondo magico in cui mi trovavo, dove i colori c'erano già, mentre nelle città devi costruirli.

Continuai ad ammirare quella parte di costa ad est che si dipingeva con i colori della natura e che sfociavano nel sentimento di chi ammira. Dietro la casa non c'era il mare, ma una collina coltivata a vigneti, mentre il piccolo promontorio sembrava arroccato su un piedistallo roccioso, poco distante un laghetto artificiale giaceva quietamente e donava la possibilità ad un albero di fico dalla folta chioma di specchiarcisi dentro. I pastori tutte le sere con i bastoni in frassino, rientravano dal pascolo riportando le pecore nei loro recinti in pietra a secco. Tenevano tra le braccia gli agnellini appena nati. Quando non riuscivano a raggiungere il piano perché il tempo volgeva al brutto con pioggia battente, erano soliti rifugiarsi sotto grandi ombrelli mangiando formaggio e pancotto. Continuai ad osservare anche le donne intente ad attingere l'acqua alla fontana, io non potevo farlo ma i miei amici pescatori come mastro Nanai, cercavano di tenermi compagnia viziandomi con le loro piccole cose, dimostrandomi il loro affetto. Alle volte mi regalavano piatti, scatole di cartone che con maestria facevano diventare capolavori d'arte marinara, decorandoli con conchiglie che alla luce del sole assumevano decine di sfumature cangianti. Mi donavano anche le ossa di seppia abilmente intagliate con sagome in rilievo. In ogni casa di pescatori non poteva mancare il veliero in bottiglia, un piccolo gioiello di pazienza. Veniva realizzato durante le lunghe sere d'inverno, quando le continue tempeste costringevano i marinai a rimanere in casa.

Quel giorno in cielo le nuvole erano cariche di pioggia, il paesaggio si tingeva di grigio, tutta la vallata era cupa, l'avvicinarsi dei temporali mi faceva sempre paura ma guardai come rapita i fulmini aprirsi in cielo quando un fragoroso rumore pervase il borgo. La fontana venne illuminata mentre una piccola goccia d'acqua iniziava il suo viaggio seguita da tante altre. Le lampade ad olio rischiararono l'interno delle abitazioni mentre un attimo prima la piazzetta era affollata da bambini vocianti, adulti, muli e galline svolazzanti. Durante la notte tornò il sereno mentre il faro sciabolava l'orizzonte, le stelle in cielo sembravano un firmamento di diamanti appoggiati sull'oscuro velluto. Uscii fuori casa mentre la nebbia era come cipria e l'aria aveva un profumo salso-dolce, tutto avvolgeva quest'universo di sogno e come rapita da un incantesimo di pietre preziose continuai ad osservare il mistero della natura, dove enormi contrasti mi portavano a provare emozioni che volevo percepire.

Al mattino al mio risveglio alzai gli occhi al cielo, uccelli selvaggi in volo, uccelli rosa al tramonto, gabbiani dal corpo cinereo e dalle bianche e larghe ali volavano solitari o in stormi, mentre sulla scogliera frangiflutti gli uccelli migratori con il loro battito d'ali sembravano voler calmare la furiosa irruenza del mare. Tormaline, ametiste, topazi, miriadi di colori facevano di questo un luogo irreale e intemporale. Da sempre la natura è gioia del colore e simmetria, con il vento la fontana schizzava la gelida acqua a beneficio degli animali perché per loro era unica fonte esterna di abbeverazione. Nell'aria quest'oggi si diffondevano fragranze diverse come la gradevolezza acidula del bergamotto misto al gelsomino, il tutto racchiuso in una bolla odorosa di muri storti e strani, anch'essi raccontavano storie del passato, mentre intorno tutto era come un anfiteatro che faceva da corona al mare. Il sole sembrava lucidare i filari dai rossi pampini, faceva brillare il perlaceo delle cave abbandonate, mentre le piccole dune di sabbia si univano in un abbraccio come tra razze diverse. Intorno alla mia casa basse palme, fichi d'india, argentei ulivi, creavano intorno a me un'oasi verde rotta dal rosso delle bouganville. Tutto si rifletteva nell'azzurro del mare che manteneva sempre la sua identità e il suo modo di vivere.

Stanca, sentii le forze abbandonarmi, oramai mi rendevo conto che la mia fine stava arrivando e mi avrebbe portata per sempre via. Uscii fuori dalla casa, a fatica raggiunsi la panchina, mi sedetti e prima di chiudere gli occhi definitivamente, nelle mie orecchie, nei miei pensieri sentii ancora una volta ***i sussurri del mare***.

SUGGESTIONI
ED ATTIMI
DI VITA

Guardo...

I segni della vecchiaia poggiarsi sul mio viso
il cuore di un padre rigato dal dolore
il volto di un anziano percorso da una lacrima
Le gocce di resina che filamentosamente scivolano giù dai pini
il rumoreggiare di un ruscello che attraversa la valle
il suono sordo di un tuono che si avvicina
il dolore di una nonna per il nipote lontano
il bacio di una coppia d'innamorati
Le pecore che strappano la tenera erba
il cigolio di un cancello che si apre a fatica
l'innocenza e la bontà negli occhi di un bambino
il cinguettare continuo di un uccellino lasciato solo dentro al nido
Le gocce di pioggia che bagnano la brulla terra
l'ingiustizia e la cattiveria degli uomini
l'avanzare di un drogato che barcollando va senza meta
il profumo di legna che esce dal comignolo di una famiglia felice
gli sbuffi fuligginosi di un treno in corsa
l'argentea luna che splende sul mare
la buona notte dell'amico sole
questo è amore per la vita

Vento

Il vento porta con sé il profumo del mare
gli inni dei pescatori.
Le preghiere che salgono al cielo mentre i brutti ricordi
li getti li nel profondo
quando siamo insieme
tutto intorno a noi scompare
diventa ombra e si dissolve nel nulla
rimani solamente tu

Paese

Al calar del crepuscolo
tutto si tinge
i lampioni del porticciolo
dalla gialla luce
illuminano fiocamente
tingendo di giallo anche la fitta nebbia.
Le barche, cariche di nasse e reti
dondolano faticosamente
mentre i vecchi legni e gli arrugginiti chiodi
ricordano la loro età
si lamentano rumoreggiando.
I sinuosi fianchi di alcune barche
non potranno più essere baciati dalle onde
mentre tanti fiocchi neri sventolano
al forte vento di scirocco
da lontano, da molto lontano
il guaire di un cane in cerca di conforto
si perde nell'aria
mentre il silenzioso passo felpato di un gatto randagio
dai lunghi baffi irti fruga nei cassonetti
alla ricerca della sua cena.
Troverà forse una rinsecchita lisca
una testa di pesce oppure una nespola marcia
resti di una misera cena
montagne di alghe abbracciano le barche
quasi a volerle difendere dagli urti
dalla forza violenta del mare
come una madre protegge i suoi figli.

Antico mare

L'antico mare questa sera ha assunto il colore
plumbeo del cielo
gli fa da corona l'antico borgo.
Questo momento di pace
è rotto dal soffiare del vento
come un sinuoso serpente
si infila tra i muri delle case
attraversa le vecchie vie
piega i rami degli alberi
sibila sbattendo qui e là
fa cigolare gli scuri e prepotentemente
ruba la fresca e cristallina acqua alla fontana.
Le onde si gonfiano
agghindandosi con tante creste bianche
si rincorrono, si avviluppano quasi in gesti d'amore
il movimento delle barche e lo scricchiolio dei legni
è come un concerto di violini.
Note, note tristi e inquietanti
ma anche note da amare
colme di paura e dolore.
Le candide lenzuola si contorcono
strofinano senza pietà al suolo
come tanti tappeti d'erba bianca.

Pescatori

È l'alba, l'alba di un nuovo giorno
il pescatore con i suoi stivali di gomma
e la giacca cerata e pronto per andare.
Scivola in mare la sua barca.
Lei ha sonno, non vuole andare
è pesante, su di lei pesano i lunghi anni di lavoro
va, va verso l'ignoto
volge un' ultimo sguardo verso l'ignoto,
volge un ultimo sguardo a quella finestra
da poco illuminata, dove la mano di una donna
come in modo perpetuo continua a salutare.
Un timido ciao a quei muri bianchi di calce
intrisi di muffa si sono colorati di grigio
vorrebbe tornare indietro
ma il mare lo chiama
lo vuole con sé per metterlo alla prova
come fa tutti i giorni da lunghi anni.
Lui deve affrontare il suo destino
chissà se a sera il vecchio lupo di mare
farà ritorno?
È buio, lui rema senza sosta
mentre all'angolo della stretta via
dove il muro disegna l'ombra
una donna appoggiata come sostegno
alla solita pianta guarda il mare
e nel silenzio della notte
alla luce dell'argentea luna
lascia scivolare tra le dita il rosario

prega il buon Dio
che nella sua immensa bontà
possa riportare il padre dei suoi figli
tra i suoi cari.

Il dolore delle onde

Seduta su uno scoglio guardo
le onde del mare che giungono da molto lontano
dove il sole tutte le sere si diverte a tuffarsi
nell'immensità del mare.
Camminano rumoreggiando
si rincorrono come in una gara
corrono biancheggianti
si spezzano sui sassi
ma dolorosamente urlano.
Il sole è testimone anche lui
mi saluta e scompare via
mentre come tanti giganti in corsa
loro arrivano
mentre le ombre della sera
nel cielo fanno capolino
ecco, alzo gli occhi al cielo e vedo che la luna e le stelle
nel loro splendore e profumando d'argento
stanno baciando il mio tormentato corpo.

Vito, antico pescatore

Un vecchio pescatore novantenne
dalla lunga barba bianca
cammina su lingue stanco al brillar della luna
intorno le barche illuminano la gelida acqua
con le lampare.
Il mare, tranquillo e pacato
disegna merletti di sabbia
mentre gli stretti canali sono sempre arrossate
dalle silicornie in fiore.
Il suo incedere instabile
è reso ancor più difficile
dalle lunghe reti stese sull'asfalto
al calar del sole mi sudano di salsedine.
Un cane avanza insieme a lui
come un'ombra lo segue
a testa bassa, scrutando i passi
uno dietro l'altro ma anche lui fa fatica.
Il vecchio va, ogni tanto si ferma,
cerca di riposarsi ma il suo sguardo è diretto là
a questo mare che non ha pietà
che non si fa carico delle lacrime, del dolore, della disperazione.
Lui, esercita da sempre il suo profondo egoismo.
Vito, il mare lo odia, lo disprezza
è lui l'impunito assassino di suo figlio.

Il borgo degli angeli

Ha tutti i clichè di una cartolina.
I profumi, le tradizioni, la gente.
Le mucche e le capre lungo le strade
i piccoli pensatoi
i nascondigli tra gli scogli.
La religiosità delle famiglie.
La rigida morale fondata sull'onore.
La vulnerabilità e le fragilità impresse nelle foto della gente del borgo
l'invasione dei fiori gialli che in primavera invadono i campi
il gusto degli odori e sapori della vita marinara.
La metamorfosi continua del mare.
Le gocce di rugiada che posandosi delicatamente su una rossa bouganville sembra una lacrima della luna
il vento che porta con sé il profumo del mare tanto da scacciar via i brutti pensieri.
Le lacrime della luna si sono posate sul borgo sono vere, mentre un sorriso lo si può costruire
l'odore della campagna mescolato alla polvere
il rumore delle ruminanti mucche.
Le piante, tripudio di colori
su questi scogli, su queste pietre, tra il fango, le alghe e il mare che bagna la costa
ci sono centinaia di belli ma anche di durissimi ricordi.

Campagna

È l'alba di un nuovo giorno.
Al soglio al cielo e dalla finestra o lo stormire degli uccelli che fanno 1000 giri e giocano a rincorrersi lassù per l'azzurro.
L'uccello si stacca dagli altri sembra voglia riposarsi
su quella nuvola bianca come un gomitolo di lana.
Guardo gli alberi
come tante giovinette si stanno agghindando
in attesa della festa
svettano verso il cielo, riempiono le corolle di gemme preziose
mentre luccicano come brillanti carichi di rugiada.
Anche la mia terra inizia a popolarsi:
le prime formiche escono dai rifugi invernali
sgranchendosi le zampe e strofinando gli occhi
ricomincia il loro lavoro
mentre una timida lucertola lesta lesta ma attenta,
esce fuori da sotto un masso alla ricerca del primo sole.
Una leggera brezza fa dondolare i sottili fili d'erba
come volerli cullare, mentre da lontano si sente la voce del contadino
che attende con cura alla sua opera impiegando tutte le energie
dopo il lungo riposo invernale.
Ascolto seduta sulla mia sedia a dondolo
il timido corso d'acqua che snodandosi, giungerà a valle.
Gli fa eco un gruppo di donne che con i loro grembiuli colorati
lavano panni e li sciorinano sull'erba ad asciugare
mentre cantano canzoni d'amore
che portano alla mente
i ricordi della gioventù.

Destino

Tu, vecchio spirito canuto
di antica stirpe e antico pelo
ordini sempre e delinei la vita di noi tutti
alle volte sei crudele, ti prendi gioco
e non ti accorgi che hai giocato anche con me
con la mia vita, con i miei sentimenti,
con le persone che io ho sempre amato
e tu me le hai sempre rubate, strappate al mio affetto, al mio amore.
Ti sei divertito a far morire il mio cuore
grazie al dolore, ai tormenti, alla fatica
mi hai regalato oramai pochi attimi di vita
che si stanno consumando come le gocce che cadono
da una candela giunta alla fine.

Nebbia

La fitta nebbia cala sul mare, tutto offusca, ovatta, tinge di soffocato colore e come

una pellicola ingiallita tutto abbrutta, anche le misere case dei pescatori.

Le onde imperturbabili si infrangono sulle scogliere senza mai stancarsi in un perpetuo

andare e tornare.

A sera si infuriano, sbattono, si spezzano, si scagliano mentre bagnano la fredda rena

fino al raggiungere dei timidi raggi del nuovo dì.

Barche

Scende il crepuscolo che tutto tinge,
purpurea luce riflessa sul mare
i lampioni del porticciolo illuminano fiocamente
tingendo di giallo la fitta nebbia.
n gatto silenzioso dal passo felpato
ramingo e randagio
si avvicina ad un cassonetto
per cercare la sua misera cena.
Ha trovato forse una rinsecchita lisca
una testa di pesce o una marcia nespola
resti di un pasto già frugale.
Le barche cariche di nasse e reti dondolano faticosamente
vecchi legni e arrugginiti chiodi
ricordano la loro età
lamentandosi rumoreggiando.
I sinuosi fianchi di alcune
non potranno più essere baciati dalle onde
e tanti fiocchi neri sventolano al forte Scirocco.
Da lontano, da molto lontano si ode
il guaito di un cane in cerca di conforto…
si perde nell'aria…
Montagne di alghe abbracciano le barche
per difenderle dagli urti e dalla forza violenta del mare
così come una madre protegge i figli.

Anime ferite

Il vecchio pescatore
da quel maledetto giorno non trova più pace,
lega il suo dolore a quello degli altri.
Solo, con i suoi pensieri
è li sul muricciolo
intento ad osservare
le tante fasce nere
legate all'albero maestro
che dai pescherecci sventolano al minimo soffio.
Il mare, indifferente, continua la sua corsa
e non ha restituito nulla a lui, vecchio padre.
Non ha una tomba dove piangere,
dove portare un fiore,
dove pregare quell'anima a cui vorrebbe dire:
"ti amo figlio mio!"
e la mente si riempe di quotidiani momenti
oggi i più dolci di Mario: capricci, risate, pianti, abbracci
e il ricordo dei suoi riccioli dorati.
Vito ha imparato a fare della sofferenza una ricchezza
che lo fa sentire ancora forte
non nel fisico ma nell'anima.

Bonagia

Il borgo
una variopinta cartolina:
profumi, tradizioni, gente,
piccoli pensatoi
nascondigli tra gli scogli
religiosità delle famiglie
rigida morale fondata sull'onore
vulnerabilità e fragilità
indelebili nelle immagini della sua gente
piaceri, odori e sapori della vita marinara
metamorfosi continua del mare
gocce di rugiada delicata e brillante sulla rossa Bouganville
sembrano una lacrima di luna.
Il vento che porta con se il profumo del mare
tanto da scacciar via i brutti pensieri.
Le lacrime della luna si sono posate sul borgo,
sono vere,
l'odore della campagna vicina mescolata alla polvere
gli argentei ulivi dai contorti tronchi
i gerani tripudio di colori
su questi scogli, su queste pietre,
tra queste alghe e il mare
che bagna la costa
centinaia di durissimi ricordi.

Mondine

Allegoria di un tempo passato e mai dimenticato
La nebbia, la pioggia, il freddo
la gelida acqua
i fiumi e i ruscelli
erano vostri compagni d'avventura.
A notte, quando intorno era tutto silenzio,
si sentiva solamente il latrato in lontananza dei cani
nelle camerate il respiro stanco e affannoso
delle compagne rimbombava nelle mie orecchie.
Lacrime,
senza sosta rigavano le gote,
bagnavano i rumorosi giacigli.
Una coperta di infeltrita e dura lana
riusciva malapena a scaldare
le gelide e intorpidite gambe.
Le mani ferite,
erano l'unico attrezzo di interminabile fatica.
Il dolore
giungeva sino al cuore
facendoci urlare
e cantando e stornellando sfogavamo
la rabbia verso il beffardo destino
e quel padrone che non aveva nè pietà nè rispetto
All'ombra di un vecchio albero,
curvo sotto il peso degli anni,
una piccola chiesetta e un quadro della Vergine Maria
sotto al quale brillavano lumini votivi e tutte le nostre preghiere.
Quando a sera la campana batteva gli ultimi rintocchi

di quel tempo interminabile
e alle spalle degli alti monti il sole scompariva
noi piegate come vecchi ganci
sognavamo finalmente il desiderato riposo.

Trapani

Città distesa tra il mare e il monte San Giuliano
splendore di un passato ricco di storia.
Per le strette vie del centro
monumenti, antiche mura,
palazzi raccontano storie infinite
e parlano di tutto…
Il mare,
ricchezza del mio luogo natio,
spruzza la sua luce
e invade di salsedine vicoli e strade.
Il sole con i suoi riccioli dorati
illumina marciapiedi
e facciate barocche,
il vento senza sosta e fino all'ultimo respiro
soffia da est a ovest, da nord a sud
sollevando la sabbia
che si infila prepotentemente nel pertugi più reconditi
dell'anima
soffia con violenza e come freccia colpisce
il volto dei passanti.
Tutto sa di salsedine.
D'inverno il rabbioso mare con le sue alte onde
ricche di bianche creste
prende d'assalto la battigia,
piega le palme nane
tirando e rilasciando alghe, conchiglie, frammenti di corallo.
Il suo rumore lo porto con me dentro al cuore
e quando sono triste ritorno alle mie origini

portando all'orecchio una conchiglia.
Ascolto la sua voce
decisa ma cupa,
mentre immagino di vedere tra la nebbia
che è come una coperta di bianco velo,
le Egadi nella loro sfavillante ma riverente
bellezza.
I gabbiani rendono loro omaggio librando liberi nell'aria
e con innumerevoli acrobazie tagliano le nuvole
sfrecciando nel cielo.
I loro versi sembrano voler dare la giusta direzione alle navi
che vanno avanti e indietro per il porto.
Un capannello di gente vociante,
pendolari e turisti
passeggiano sul lungomare,
mentre illuminate
come per le più famose star di Hollywood
risplendono le mura dell'antica mia città.
Trapani, ti porto nel cuore!
Come in una preghiera ti chiedo di non cambiare mai,
rimani sempre quella che sei stata, sei, e sarai
la mia amata terra,
ricordo della mie radici.

Tornerò

Una mattina di tanti anni fa
mi svegliai con la morte nel cuore.
Sì, dovevo salire su quell'aereo
che per sempre mi avrebbe portata via dalla mia terra.
Da colei che mi aveva vista nascere, mi aveva cresciuta,
aveva perdonato i miei errori come solamente una madre sa fare.
Mentre guardavo dal finestrino la mia isola che si allontanava,
mi sono resa conto che la lasciavo per una nuova realtà.
Negli occhi le lacrime, nelle orecchie il pianto di mia madre dei miei cari,
nella mente i ricordi dei miei anni trascorsi, ricchi di gioie e di dolori si affollavano,
ma nel cuore nasceva la speranza di tornare.
"Un giorno tornerò terra mia,
e con la terra della mia Sicilia,
verrà coperto il mio corpo per sempre, per l'eternità".

Ci vuole poco...

Hai mai sorriso ad un vecchio dal volto triste
seduto su una panchina?
Hai mai dato il perdono
a chi ti ha fatto soffrire?
Hai mai avuto il timore di dire a tuo padre
che gli hai sempre voluto bene?
Hai mai letto un libro che parla di Dio
e creduto nella sua infinita bontà?
Hai mai baciato la terra che come una madre ti ha sempre accolto,
mentre tutti giorni la calpesti?
Hai mai provato a pensare mentre mangi un panino
a quanti bambini nel mondo muoiono per fame?
Hai mai pensato che una lacrima
cadendo su di un gambo possa trasformarsi in un fiore?
Hai mai creduto che la pace è dentro ogni secolare ulivo?
Hai mai sentito il coro del tuo cuore?
Hai mai guardato il movimento delle tue dita
che ondeggiano come fiori su teneri steli?
Hai mai fatto l'amore
pensando che l'amore è amore?
Fermati a pensare
che ci vuole poco per essere felici!

È l'alba

Il mare con una leggera increspatura
dà a tutti il buongiorno
mostrando il lavoro di una notte.
La gente va…
solitaria va…
Assorta nei pensieri,
lasciando sulla fredda rena
della battigia bagnata di salmastro
le orme, piccole, grandi,
che si inseguono una dietro l'altra
in fila indiana come tante formiche.
Lui, cancella tutto
trascina via ogni cosa
con forza, con prepotenza
e alle volte con la ferocia
che a fatica riesce a placare
tanto da sfidare anche la forza umana,
dell'umile pescatore.
Osservo da lontano la bassa marea,
le tante lingue di terra che in questa notte di luna piena
lui ha riportato a nuova vita.
Le lascia al nostro sguardo beandosi,
ma solo per poco, ben presto le richiuderà nel suo scrigno
negli abissi dove alla mano dell'uomo non è permesso entrare.

È sera

Sola con i miei pensieri e con le sofferenze
taglio con il corpo la fitta nebbia.
La fioca luce di un lampione addormentato
illumina il mio incedere
mentre vengono giù
dalle fitte chiome degli alberi
luccicanti gocce di pioggia
che delicatamente si adagiano su di me
quasi a volermi togliere
le angosce di una triste, solitaria e penosa vita.
Il suono celestiale di un'arpa mi prende per mano
accompagnandomi lungo il viale triste e solitario,
e mi viene sempre più incontro
prendendomi per mano.
Salgo i pochi scalini della piccola chiesa,
quando l'odore dell'incenso e lo sfavillio delle candele
riporta in me pace e serenità
emozioni che solamente Dio riesce a donare.

Piccola chiesetta

In questo borgo incantato e magico
Una piccola chiesa profuma d'incenso.
Le candele con le fiammelle tremolanti illuminano
l'immagine sacra dipinta sul crepato intonaco.
In queste severe condizioni
si trova l'esaltazione dell'anima e dello spirito.
Due scalini in granito conducono al mare,
mentre i pescatori accovacciati sul caldo asfalto
rattoppano le reti intonando come litanie
canti propiziatori,
le voci che si uniscono all'unisono
tanto da far si che io possa chiamarla "via della sonorità".
Le dune di alghe, lavoro incessante e perpetuo del mare
emanano effluvi di sale e
combattono contro le onde
che il vento impietosamente fa battere
e ribattere su di esse.
Da lontano, coperte da mantelli neri
le pie donne rientrano in casa
portando a fatica le casse del pescato
sarde, sgombri, rondinelle, occhiate e castagnole…
I pescatori trascorrono così la loro esistenza
perpetrando i gesti e gli insegnamenti dei vecchi padri.
Sulle loro gesta illustri poeti
hanno e continuano ad intessere
storie e racconti
che toccano l'anima.

Borgo abbandonato

Un borgo,
un borgo abbandonato
dove l'edera ha invaso prepotentemente
le nude pietre,
superbe fortezze battute dal maestrale
dove il vento non bussa
ma suona e vibra come un organo.
Pianoro di nebbie improvvise
dove il cielo blu genziana
contrasta tra i ricami delle rocce.
Le voci dei passanti restano imbrigliate nel solitario sasso
un fratello su cui puoi contare
che permette alle storie di trovare sempre una casa.
Le porte ammuffite e gonfie d'acqua,
hanno a loro guardia sentinelle d'ombra
ma tu rudere resti muto.
I silenzi e la luna lasciano brillare
i fasci di odoroso finocchio selvatico
in questa terra santissima di Sicilia.
Cattedrale di una natura pietrificata
preziosa perla chiusa in uno scrigno.

Giorno di festa

Il suono della fisarmonica, clarino e chitarra
inviteranno tutta la gente del vicinato,
per questo momento d'evasione.
Si dà inizio alle danze, il folclore pervade ogni fibra
i lampioncini sapientemente legati al filo di ferro
aiutano la luna a rischiarare la strada
unica e sola via.
È festa!
Le anziane donne
con lunghi abiti sporchi di farina
e odoranti di miele
fanno volteggiare con maestria i robusti mattarelli
e la pasta con il lievito madre
viene coccolata dentro le calde madie.
Il pescato cuoce nelle arrugginite *tannure*
il buon vino non può mancare
lui è il padrone della lunga tavola.
Sa di vento, di fatica, di sudore, di uve colorate.
A sera si alzano i calici,
si brinda tutti insieme in allegria
si balla sotto i secolari ulivi dalle foglie d'argento
che felici alzano le braccia al cielo
in segno di ringraziamento.

In lontananza

Odo da lontano il suono greve di un violino
mentre le note mi prendono per mano
e mi accompagnano
dove la luce di un lampione illumina le tese corde.
Un uomo
coperto di stracci, è lì,
a pochi passi da me
i suoi occhi tristi incrociano i miei
quasi a volermi raccontare la sua solitudine,
la sua malinconia.
Accucciato sul gelido asfalto
in una gelida sera d'inverno
dorme il fedele amico di sempre
oramai sua unica e sola ragione di vita.
Ha smesso di suonare,
raccoglie il berretto
contenitore di poche monete
e tra le sue calde braccia stringe la povera bestiola.
Lo adagia con amore sul carrettino
e nel silenzio della sera riprendono la via…
Un passo dietro l'altro,
portando con sé il peso della vita.
Chissà dove andrà?
Dove passerà l'ultimo pezzetto di quella fredda e solitaria notte
forse sulle grate di una stazione di periferia...
domani sarà una nuova avventura da affrontare
ma, oggi,
nessuno
si è accorto di lui.

Inverno

Poveri alberi
sui vostri tronchi rinsecchiti e neri
tutte le sere viene giù la nebbia.
Il sole al tramonto dona a voi il bacio della buona notte.
Le iridescenti goccioline si infiltrano tra le piccole foglie
mentre il freddo vi intristisce.
Nel silenzio della notte,
i rami si cercano,
si danno la mano,
si uniscono
per difendersi dal freddo e dal gelo.
Gli uccelli chiusi nei piumaggi
vi scaldano con il tepore dei loro corpi
e cercano di rallegrarvi con timidi cinguettii.
Presto su di voi tornerà il sorriso della primavera.

Le reti

Il luccichio dell'argentea luna splende sul mare.
Sulle barche i pescatori ritirano le reti
guardano il pescato al lume delle lampare,
gettando al vento inni d'amore e battendo
a ritmo sui fianchi delle barche.
Tu, pescatore,
mentre reciti le tue litanie
e canti gli stornelli,
volgi la mente ai tempi passati,
ai ricordi di quando il tuo cuore
ardeva d'amore per lei,
pensando a quell'amore finito
gettavi al vento la tua inquietudine.

Scirocco

Giunge il vento,
il vento caldo e rosso del deserto,
ferisce a morte le tenere gemme
e arrossa le grigie vie.
Oscillano i bastoni di legno
mentre reggono le tese corde
urlano anch'esse come violini
negli ampi terrazzi
reggono con difficoltà le bianche lenzuola
che profumano di sapone e lavanda.
Saltano, si gonfiano sempre più
si rincorrono urtandosi ma si intrecciano anche
come corpi in amore, mentre il sole
impetuoso li trafigge con i suoi raggi.
I bambini con le loro allegre risate
corrono giocando in questo labirinto
di vecchie lenzuola.

Erice

Sei lì,
antico monte,
dove sei sempre stato.
Avvolto dalla nebbia,
quasi a volerti difendere dalla mano violenta dell'uomo
che infuoca la vegetazione sui tuoi fianchi,
sui tuoi crinali, sino a volerti quasi trasformare in un vulcano.
Tu non erutti lava e lapilli,
solamente lacrime di resina.
Non ti pieghi alla cattiveria dell'uomo,
resisti alla malvagità
e quando torna il sereno
è l'alba di un nuovo giorno.
Si odono per il paese le campane della Matrice
suonare a festa ,
mentre i passi della gente rimbombano
negli stretti vicoli, ovunque si diffonde nell'aria
l'acre odore delle spezie, chiodi di garofano e cannella.
Rompe il silenzio del primo mattino
l'ortolano, che con il suo carretto e il continuo
vociare, annuncia il suo arrivo.
Le donne, coperte da neri scialli
come tante ombre scrutano dalle finestre
e lasciano cigolare gli scuri che creano
un allegro rumore.
Vengono giù dai cortiletti in fiore
dove troneggia l'antico pozzo e le
pallide ortensie per acquistare la mercanzia.

Riecheggiano per l'aria le musiche medievali,
recuperate alla memoria da grandi artisti.
Quanto mi manchi mio adorato monte
mi hanno strappata a te e alle mie radici.

Io

Sono Amaranta
creatura di un mondo
dove più nulla mi appartiene.
Oggi, dopo aver "camminato" tanto,
riesco a vivere di semplici cose
del cielo perlaceo dell'alba che piano piano si rischiara
dell'aria carica di umidità
dei tuoni che borbottano nell'infinito cielo
dell'odore delle reti intrise di salino
dei valori della vita dell'umile gente
del godimento dello spirito
delle raffiche del vento
del faro del porto che a sera si smorza
dell'inchiostrare dell'acqua del mare
delle notti calme di luna e di stelle
dell'odore delle piccole botteghe del borgo
della nebbia avvolgente e stagnante
della pioggia che prepotente batte sui coppi
del pergolato del glicine pronto a rifiorire
della gente della notte che sopravvive prigioniera delle ombre
della concezione circolare della vita e del tempo
del patrimonio culturale dei pescatori affidato alla memoria
questo è il borgo che io ho soprannominato degli angeli
questa oggi sono io.

I suoni dell'anima

Cerco angoli ricchi di pennellate di colore
mi immergo nel mondo del verde
fatto di angoli che si riflettono
quasi a baciarsi negli specchi d'acqua.
Intorno profumo di fioriture
e brezza estetica
signorilità di forme
l'odore del bagnato giunge alle narici.
Tutto annunciato
dall'ultimo vento d'agosto
e dal sole crepuscolare
nell'aria, la frizzante gioia
del crepitio dei miei passi.
Lungo i viali
mosaici di foglie che s'intrecciano
e un delicato richiamo
mi fa assaporare i suoni della mia anima.

Fiume

Il cielo color ferro
le nuvole cariche di pioggia
frettolosamente si rincorrono
una pallida lama di luce
fuggita dal sole violentemente apre
uno squarcio al guardiano dell'oscurità.
Osservo attonita la straripante
forza della natura incontrastata...
Volgo lo sguardo al Dio delle rocce
creatore di architetture naturali
alla quale detta le sue leggi.
Rimango seduta su un sasso
sulle sponde del fiume
mentre la pioggia
forma rigagnoli fitti come vene
sul mio pallido volto.
La pioggia rende brillanti i colori autunnali
ed io mi lascio bagnare
dalla purezza di quelle gocce lucide
come miriadi di sfaccettati cristalli.
Scorre accanto a me il silente fiume
che con il suo andare forma fili di diamanti.
La divina luna tinge tutto d'argento.
Lui incontrastato va...
corre sulla nuda terra...
permette ad un timido cerbiatto di specchiarsi
occhieggia tra frasche e rami secchi
bagna e leviga pietra dopo pietra

nutre con amore quell'albero mutilato
per il quale ha rispetto.
In questo luogo mistico
al lontano suono di una campana
ho incontrato la fede e il rispetto per il creato.

Parole tradotte dal dialetto siciliano all'italiano

Pignata:	pentola	Quadratu:	quadrato
Addivintari:	realizzare	Ammucciàri:	nascondere
Sulu:	solo	Acchianàri:	salita
Ni putemu:	ci possiamo	Unu ri n'àutri:	uno di noi
Vinni ni niautri	venuto da noi	N'atra vota:	un'altra volta
Vulissi addivintari:	vorrei diventare	Ammucciareddu:	giocare a nascondersi
Sularu:	solaio	Rumpiri i cugghiuna:	non rompere i coglioni
Picciriddu:	bambino	Fimminedda:	femminuccia
Rinali:	vaso orinatorio	Voscenza:	vostra eccellenza
Aspittamu:	aspettare - attendere	Scantàri:	spaventare
Chistu:	questo	Si fussi:	se fossi
Beddu:	bello	Putemu:	possiamo
Comu:	come	Paìsi luntànu:	paese lontano
Signura:	signora	Firarisi:	fidarsi
Gabillòtu:	gabelliere	Trazzèra:	strada di campagna
Mangiapersa:	colui che è una scommessa persa	Virdumaru:	colui che ha bancarelle di verdura
Carnizzèri:	macellaio	Tannura:	recipiente di metallo o di terracotta dove dentro si tiene la brace, simile ad un piccolo barbecue
Abbaniari:	atto di gridare la mercanzia		

Parole straniere			
Bustièr (fr.):	corpetto stringato femminile	Kandoura (Ar.):	abito maschile del golfo arabico
Igal (Ar.):	doppia corda nera di lana di pecora per fermare il "ghutrah"	Ghutrah (Ar.):	copricapo di cotone arabo

APPENDICE FOTOGRAFICA

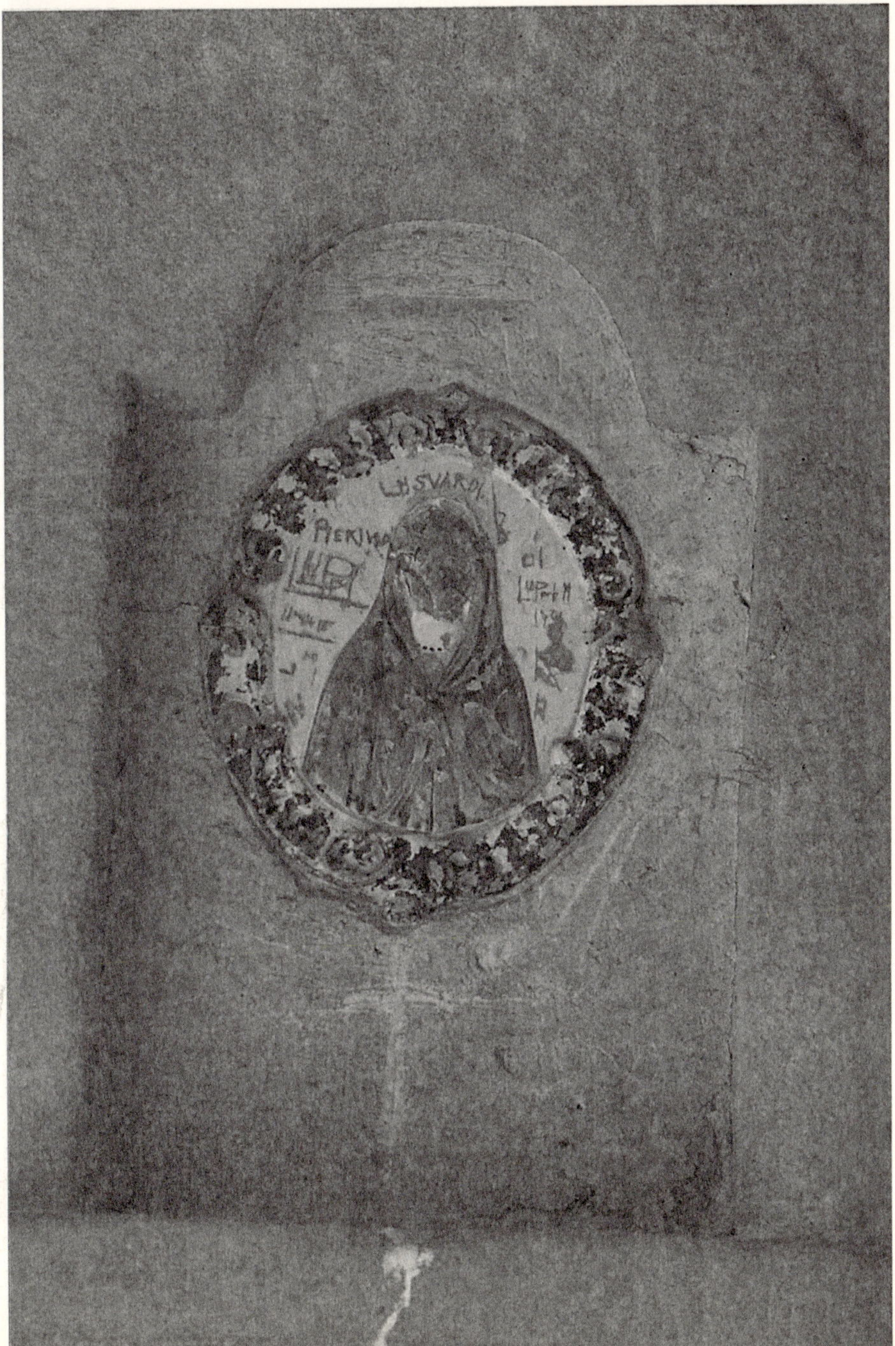

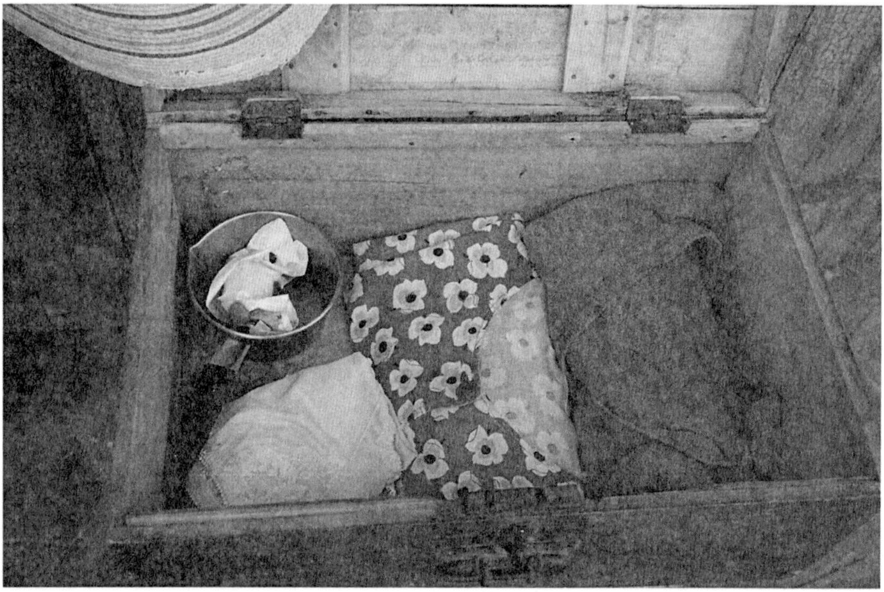

47

INDICE